다시, 사랑

다시, 사랑

2024년 02월 16일 초판 01쇄 인쇄
2024년 02월 23일 초판 01쇄 발행

지은이 조니워커

발행인 이규상 편집인 임현숙
편집장 김은영 편집 고은솔 책임마케팅 김희진
기획편집팀 문지연 강정민 정윤정
마케팅팀 이순복 이채영 김희진
디자인팀 최희민 두형주 회계팀 김하나

펴낸곳 (주)백도씨
출판등록 제2012-000170호(2007년 6월 22일)
주소 03044 서울시 종로구 효자로7길 23, 3층(통의동 7-33)
전화 02 3443 0311(편집) 02 3012 0117(마케팅) 팩스 02 3012 3010
이메일 book@100doci.com(편집 · 원고 투고) valva@100doci.com(유통 · 사업 제휴)
포스트 post.naver.com/h_bird 블로그 blog.naver.com/h_bird 인스타그램 @100doci

—
ISBN 978-89-6833-466-5 03810

나답게 헤어지고 나답게 다시 사랑하면 돼

다시, 사랑

조니워커 지음

허밍버드
Hummingbird

차례

1부. 헤어진 후 새롭게 삽니다

2부. 다시 설레는 계절, 여름

3부. 우리 사이에 어떤 이름을 붙여야 할지

4부. 이 겨울, 다시 사랑할 용기를

1부

헤어진 후 새롭게 삽니다

BEGIN AGAIN

남편 말고 인생의 친구가 필요해

: 문득 혼자임이 느껴졌다

그와 이혼을 결심했던 계절 이후 1년이 흘렀다.

다시 봄. 내 인생은 달라진 게 없었다.

그와 이별한 뒤 혼자 살게 되며 자취의 기술이 부쩍 늘었다. 처음 혼자 살아 보는 거라 자취 초반에는 꽤 신나 있었다. 리모델링을 하고 들어온 집을 취향에 맞게 꾸미는 과정은 재미있었다. 좋아하는 노란색과 초록색이 강조되는 커튼과 액자를 사서 거실에 포인트를 주었다. 아기자기한 소품도 놓고, 꽃을 사서 꽂아 놓기도 했다.

밥을 차려 먹는 것도 소꿉놀이 같아서 즐거웠다. 즉석 밥에 달걀프라이, 김치만 먹는 단출한 밥상이어도 굳이 예쁜 그릇에 옮겨 담은 뒤 사진을 찍었다. SNS를 안 하다 보니 혼자 만족하는 데 그쳤지만, 그래도 그런 소소한 즐거움을 누리는 게 자취의 맛이었다.

'그래, 사고 싶은 걸 큰 고민 없이 사려고 돈 버는 거지.'

이렇게 생각하며 즐거운 소비 생활을 몇 개월 지속했다.

하지만 곧 공허해졌다.

집을 예쁘게 꾸며도, 요리를 맛있게 해도, 가끔 친구들을 초대해서 외로움을 잠시 잊어 보아도 그때뿐이었다. 외로움은 잠시만 방심하면 나를 갑자기 덮치고 놓아주지 않았다.

'이 외로움의 실체는 어디서부터 오는 걸까. 혼자 살기 때문에? 이혼했기 때문에? 연애를 안 하고 있어서?'

아마 모두 일부분 영향을 줬을 것이다.

하지만 곰곰이 생각해 보면, 가장 큰 이유는 내 속마음을 아무 숨김없이 말할 수 있는 인생의 친구가 없기 때문이었다. 이혼 전엔 그 역할을 남편이 해 줬다. 남편에게는 아무것도 숨기지 않고 다 말할 수 있었으니까. 물론 그의 외도 때문에 너무 힘들다고, 평범한 일상을 살다가도 갑자기 당신이 바람피운 사실이 떠올라서 울고 화내고 싶은 순간이 많다고. 그런 말은 그에게 할 수 없었지만 말이다.

남편의 외도 때문에 결국 이혼을 결심하게 되었을 때도, 앞으로의 인생에서 가장 걱정되었던 건 돈 문제도 아니고, 노후 걱정도 아니고 이 부분이었다. 인생의 반려자, 인생의 친구가 없어진다는 사실. 내가 그의 외도를 알고 나서도 5년 넘게 이혼하지 않고 함께 살았던 이유 중엔 인생의 친구를 또 한 번 만나기 쉽지 않을 텐데 하는 두려움도 한몫했다.

원래 힘든 상황이나 괴로운 마음을 가까운 사람들에게 털어놓는 걸 잘 못한다. 내가 말해 봤자 그들이 그걸 해결해 주지 못하고, 괜히 그들의 마음까지 힘들게 할까 봐 차라리 혼자 감내하려고 하는 성격이다. 그래서 엄마 아빠에게 진짜 이혼 사유를 있는 그대로 다 말하지 않았고, 가장 친한 친구 역시 내 모든 사정을 알지 못했다. 이런 성격이 가끔 스스로도 답답할 때가 있다. 하지만 37년에 걸쳐 형성된 성격이 그리 쉽게 변할 리 없었다.

결국 내가 할 수 있는 일은 두 가지였다. 외로움을 계속 혼자 이겨 내거나, 어디 한번 밑져야 본전이라는 마음으로 인생의 친구를 찾아 떠나거나.

다행히 난 꽤 세상에 적극적인 사람이었다. 이혼이라는 큰 산을 넘으며 제법 마음의 내공도 쌓여, 까짓것 이제 못 할 일은 없다 싶은 마음도 생겨났다.

그렇게 난 8년 만에 낯선 사람들을 만나는 여정을 시작하기로 결심했다.

방구석에 틀어박혀선 아무 일도 일어나지 않는다

: 30대 후반, 그 애매한 나이에 대하여

37살, 적지 않은 나이. 이 나이에 새로운 친구를 만날 수 있을까.

나이는 숫자에 불과하다는 뻔한 멘트는 내가 경험한 현실에서는 잘 먹히지 않았다. 회사는 능력이 아무리 좋아도 40대를 신입 사원으로 채용하지 않고, 정부조차 청년희망적금의 가입 연령을 만 34세 이하로 해 놓았다. 내가 지금 청년이라고 부르짖어 봤자, 정부조차 날 '당신은 청년이 아니니 물러나세요.'라고 공식적으로 선포하는데 나이가 숫자에 불과하다니 무슨 소리인가. 나이는 하나의 계급이고 권리다.

이 계급 사회에서 이미 좀 밀려 버린 내가 할 수 있는 건 간단했다. 나이를 직시하고 지금 이 순간 할 수 있는 걸 하는 수밖에.

새로운 친구 관계를 만들려는 마음을 먹은 뒤 내 현실을 돌아봤다. 지금의 나는 새 친구를 사귈 수 있을 만한 매력이 있는 사람일까.

외모 관리를 하지 않아도 반짝이던 나이는 이미 지나 버렸다. 왜 나는 이제야 싱글들의 세상에 다시 나온 걸까, 왜 전남편과 미련하게 시간을 끌어서 젊은 나이를 다 보내 버렸을까 하는 뒤늦은 후회도 들었다. 내가 30대 초반에만 이혼했어도 훨씬 많은 선택과 시도를 해 볼 수 있었을 텐데.

하지만 이런 후회는 해 봐야 의미 없다는 걸 안다. 지금 내가 할 수 있는 것에 집중할 수밖에.

다시 한번 나를 돌아봤다. 지금의 나는 어떤 사람일까.

먼저 외모를 살펴봤다. 거울 속 나는 30대 후반치고는 나쁘지 않은 모습이지만, 어디까지나 30대 후반 '치고는'이다. 결혼 전 꾸미지 않아도 저절로 반짝거리던 외모는 간데없고 늘어난

주름과 모공, 다크서클, 탄력을 잃은 살결까지.

그래, 인정하자. 지금의 나는 누가 봐도 평범한 외모였다. 다행히 꾸준히 운동을 해 와서 체형은 20대 때와 비슷하게 유지하고 있었고, 달리기를 오래 해 온 덕분인지 체력만큼은 누구에게도 뒤지지 않는다는 게 그나마 장점이었다.

사회인으로서의 내 모습도 살펴봤다. 사회에서의 모습은 이혼 후 많이 달라져 있었다. 직급이 높아지며 연봉도 결혼 전에 비해 꽤 올랐고 주변의 신뢰도 얻어 훨씬 안정된 회사 생활을 하고 있었다. 모아 놓은 다른 재산은 없지만 (주택담보대출이 40년 남은) 내 명의의 아파트는 하나 있다.

노후 대비는 안 되어 있지만 그래도 성실하고 사치를 안 부리니까, 앞으로도 그럭저럭 살아갈 수 있지 않을까 싶은 정도의 성인은 되어 있는 것 같다.

여기까지가 내 객관적 상황.

그럼 새로운 친구를 만나고 싶은 무리는 어디일까 생각해 봤다. 누군가를 만나려면 결국 어떤 새로운 무리에 소속되어야 하니까. 갑자기 길을 걷다가 지나가는 사람이 나랑 왠지 잘 맞을 것 같아서 "저, 실례합니다. 저는 이런 사람인데요. 저랑 친구가 되지 않으시겠어요?" 하며 말을 걸 수는 없는 노릇 아닌가.

나는 나랑 비슷한 사람들을 만나고 싶었다. 소위 말하는 골드 미스까지는 아니더라도, 적당히 자기 관리하며 비슷한 환경에서 살아 대화가 잘 통하는 사람들을 만나고 싶었다. 그래, 그냥 내 또래의 직장인들을 만나고 싶었다. 그 외의 직업군은 어떻게 만나야 하는지 사실 잘 모르기도 했다.

다행히 세상엔 나 같은 욕구를 가진 사람들이 많은 건지 아니면 Z세대 덕분인지, 책 《트렌드 코리아 2023》에서 말한 '인덱스 관계(인간관계를 목적에 따라 인덱스를 붙여 한층 전략적으로 관리하는 관계 맺기)'를 위한 다양한 모임 플랫폼이 나와 있었다. 수많은 모임들 중 하나를 골라 나가 보기로 결심했다.

하지만 그 전에 내 목적을 분명히 했다. 오직 친구를 만들기 위해서라고. 여러 친구를 사귈 수 있다면 좋겠지만, 단 한 명이라도 좋은 친구를 만나게 된다면 굉장한 행운일 거라고 생각했다. 친구를 만드는 것도 쉽지 않을 텐데, 모임을 통해서 평생의 연인까지 만든다는 건 감히 생각도 하지 않았다. 싱글들이 모여 있는 모임에서 돌싱이 연애를 할 수 있을 거란 기대 따위

안 하는 게 맞다고 생각했고, 처음부터 그렇게 마음먹고 나가는 게 속 편했으니까.

그 무렵의 나를 만남에 소극적이게 만든 일이 하나 있었다.

미혼남을 만나면 죄가 되나요

: 아무도 찍지 않은 낙인을 스스로 찍었다

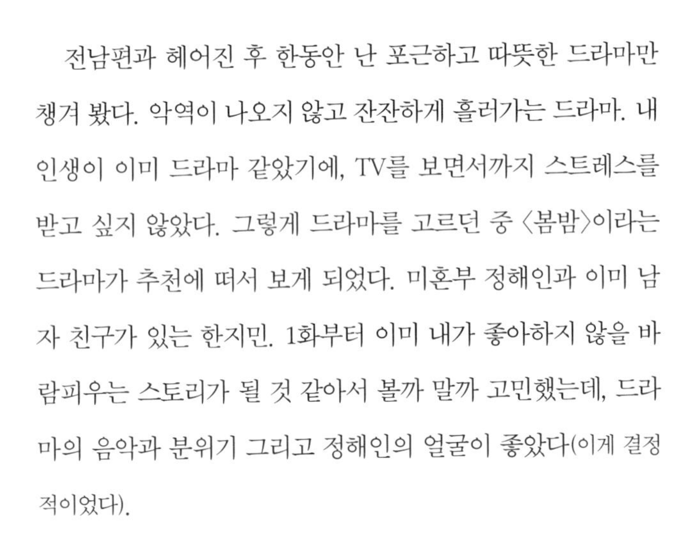

전남편과 헤어진 후 한동안 난 포근하고 따뜻한 드라마만 챙겨 봤다. 악역이 나오지 않고 잔잔하게 흘러가는 드라마. 내 인생이 이미 드라마 같았기에, TV를 보면서까지 스트레스를 받고 싶지 않았다. 그렇게 드라마를 고르던 중 〈봄밤〉이라는 드라마가 추천에 떠서 보게 되었다. 미혼부 정해인과 이미 남자 친구가 있는 한지민. 1화부터 이미 내가 좋아하지 않을 바람피우는 스토리가 될 것 같아서 볼까 말까 고민했는데, 드라마의 음악과 분위기 그리고 정해인의 얼굴이 좋았다(이게 결정적이었다).

그렇게 보게 된 드라마는 예상대로 잔잔하게 흘러갔는데, 극 중 미혼부인 정해인의 부모님이 아들에게 하는 대사가 내 가슴에 콕 박혔다.

"결혼 안 한 처자라고? 안 돼. 안 되는 건 안 되는 거야. 누구 인생을 망치려고. 해 본 사람과 안 해 본 사람은 천지 차이인 거야."

아, 내가 결혼 경험이 없는 남자와 연애를 한다면 그 사람의 인생을 망치게 되는 걸까. 설령 상대방이 내 이혼 사실을 알고 있고 이해하더라도, 그러면 안 되는 걸까. 이 대사는 그 이후 오랫동안 내 가슴을 짓눌렀다.

물론 당장 만나고 싶은 사람도 없고 연애할 생각은 더더욱 없지만, 그럼에도 새로운 사람들과 친구가 되고 싶어서 다시 세상으로 나오고 있는 와중인데, 이것도 혹시 누군가에게 민폐가 되는 행동인 걸까. 안 좋은 생각은 먹물처럼 내 가슴에 콕 하고 점을 찍은 뒤 스멀스멀 번져 갔다. 다른 생각으로 얼룩을 덮으려 해도 오히려 더 안 좋은 생각, 부정적인 마음이 떠올랐다.

난 그저 결혼을 했다. 모두의 축복 속에.

그리고 배우자가 바람을 피워서 이혼했다.

혼인관계증명서에 줄 하나가 그어져 있다.

이게 범죄자의 빨간 줄처럼 느껴질 때가 자주 있다.

사실 그 누구도 내게 "넌 이제 미혼남 만날 생각은 하지 마." 라고 하지 않았고, "이혼녀가 감히 미혼인 남자랑 평범하게 사랑하고 다시 연애할 수 있을 거라 생각해? 같은 돌싱끼리 만나."라고 하지도 않았다. 그럼에도 난 아무도 찍지 않은 '이혼녀'라는 낙인을 스스로 찍고 괴로워했다. 그러다 가끔은 혼자 억울해했다. 내가 죄를 지은 게 아닌데. 난 오히려 피해자인데. 그 누구에게도 떳떳한데.

그럴 때는 이미 다 지난 일인데도 다시금 전남편이 미워졌다. 왜 그가 내게 그런 짓을 했는지, 왜 이런 일이 벌어졌는지, 이제 와서 해 봤자 의미 없는 생각을 또 하게 되었다.

다행스러운 건 그간 겪은 일들이 나를 조금씩 성장시켜 왔음을 느낄 수 있다는 거였다. 내 마음의 회복탄력성은 평범한 또래보다 월등히 높을 거란 자신이 생길 정도로, 안 좋은 감정에서 최대한 빨리 빠져나오는 훈련이 되어 있었다.

물론 그런 훈련을 할 필요도 없는 삶이었다면 더 좋았겠지만. 예를 들자면 풍파 없이 잔잔한, 악역 없는 드라마 속 주인공의 친구 역할처럼 말이다. 하지만 뭐 어쩌겠는가. 잔잔한 드라마에서도 주인공에겐 늘 작게라도 시련이 있는 법이다. 내 인생에서 내가 주인공인 이상, 이런 시련도 결국 지나고 보면 해피엔딩으로 가는 과정일 뿐이리라 믿었다. 시간이 흘러 이때를 떠올려 보면 분명 '그런 때도 있었지.' 하며 웃으며 기억하게 되겠지.

마음을 굳게 먹고 새 모임에 나가기로 했다. 내 또래가 모이는 여러 모임 중 3040 나이대의 사람들이 모여서 다양한 취미 활동을 함께하는 모임이 눈에 띄었다. 두근거리는 마음으로 신청 버튼을 눌렀다.

그곳에서 K를 처음 만났다.

운이 나쁘지만 운이 좋아

: 너 내 동료, 아니 친구 돼라

20대에는 다양한 모임에 참석했다. 취미를 공유하는 친목 모임부터, 정기적으로 독서하고 만나는 모임까지. 그때는 요즘처럼 앱으로 모이지 않고, 네이버 카페나 다음 카페를 통해 정모나 번개로 만나서 단체 채팅방을 만들고 정기적으로 모이곤 했다. 하지만 결혼 전부터 참여하던 독서 모임을 마지막으로 약 8년간 새로운 모임에 나가지 않았다.

그래서 3040 모임에 나가기 전까지 걱정이 많았다. 그동안 새로운 친구를 사귀는 건 이직한 회사에서 친해진 사람들을 제외하곤 없었고, 완전히 모르는 사람들과 만나게 되는 건 8년 만에 처음이었으니까.

하지만 운이 좋았던 걸까. 내가 나간 모임은 총 7명이 모이는 자리였는데, 나이도 성별도 직업도 다양한 사람들이 참석했다. 저녁 7시에 만나서 막차 시간까지 놀 정도로 첫 만남부터 이상하게 편안했다. 비슷한 연령대에 비슷한 회사 경력을 가지고 있는 사람들이 모여서인지 말이 잘 통했고, 공유하는 추억도 비슷했다. 무엇보다도 다른 사람을 배려하는 화법과 적당한 유머 감각을 가진 선량한 사람들이어서 좋았다.

나뿐만 아니라 그날 모인 다른 6명도 서로에게 좋은 인상을 받았던 것 같다. 원래 일회성 모임이었지만, 우린 그 후로 단톡방을 만들어서 다 같이 친해지는 모임으로 발전하게 되었다.

가장 빨리 친해진 건 모임을 주최한 R이었다. 회사를 다니며 와인을 즐기는 여자분이었는데, 긴 생머리와 뚜렷한 이목구비로 첫인상부터 눈에 띄는 분이었다. 전시회를 좋아하고 책을 좋아한다는 점에서 나와 취미가 맞아서 금방 마음이 잘 통했다. 시원시원하고 밝은 성격도 멋있다고 느꼈다.

다른 여자 멤버인 H는 캐주얼한 옷차림의 마른 체형을 가진 분이었다. 누가 봐도 진취적이고 외향적인 분이었는데, 얼마 전 잘 다니던 회사를 퇴사하고 창업을 위해 새로운 도전을 하고 있었다. 나중에 알았지만 나보다 나이가 5살 많았는데, 오히려 나보다 어려 보여서 놀랐다.

남자분들은 다들 내성적이라 첫날에는 별다른 인상을 받지 못했다.

Y는 그날 나온 사람 중 가장 어려 보였고, 편한 셔츠를 입고 나왔는데 어깨가 넓어서 평소 운동을 하나 보다 생각했다. 내향적인데도 수줍게 웃는 모습이 귀엽다고 느꼈다.

K는 은행에서 일한다고 들었는데 캐주얼한 복장으로 나타나서 조금 의외라는 생각을 했을 뿐 딱히 다른 인상은 없었다. 헤어스타일과 옷차림으로 봤을 때, 평소 외모에 꽤 신경을 쓰는 사람이지 않을까 추측했다.

모두 각자의 자리에서 멋지게 살아가는 분들이라, 그들의 삶을 듣고 보는 것만으로도 나 역시 뒤처지지 말고 열심히 살아야겠다는 마음을 먹게 될 만큼 하나같이 배울 점이 많은 분들이었다. 새로운 모임에서 이렇게 바로 좋은 사람들을 만나게 되다니, 역시 난 운이 좋다고 생각했다.

사실 누군가가 내 삶을 자세히 들여다보면 결코 운이 좋은 삶을 살았다고 말하기 어려울 거다. 좋은 남편이라 믿었던 배우자가 세 번의 외도를 하고, 결국 이혼하고, 사랑하며 키우던 고양이들과도 헤어진 삶이라니. 10대, 20대 때도 운이 좋은 삶이라고 말하기 어려운 우여곡절을 많이 겪었다. 나중에 이것만 따로 묶어도 책 한 권은 금방 나오겠구나 싶은 일들이 많았으니까.

하지만 남들이 어떻게 생각하든, 난 늘 내가 운이 좋다고 생각했다. 힘들었던 시간들을 무사히 지나왔고, 언제나 좋은 친구들을 사귈 수 있었고, 여러 사람들의 도움을 받으며 살아왔다. 더 늦기 전에 헤어질 수 있었던 것도, 이별 후 마음이 힘든 순간이 문득문득 찾아와도 긍정적인 마음을 잃지 않고 잘 살아가고 있는 것도 모두 운이 좋아서라고 믿는다.

운이 좋은 내 삶에 새로 찾아온 이 인연들과 또 어떤 일들이 일어날지 기대되는 계절이었다.

저랑 데이트하실래요?

: 스포츠카 뒷좌석에 몸을 구겨 넣고

♬

3040 모임 친구들과 세 번 정도 만난 이후, 다 같이 모여 있는 채팅방은 매일 쉴 틈 없이 울려 댔다. 전시회 정보나 쇼핑몰 할인 정보를 공유하는 등 누가 먼저랄 것 없이 활발히 대화하며 친해지는 시기였다.

그 무렵 예술의전당에서 열리는 전시회가 있었다. 얼리버드 할인 혜택을 받기 위해 몇 개월 전 샀던 티켓인데, 원래 엄마랑 가려고 2장을 구매해 놨다. 엄마와 시간 맞추기 어려울 것 같아서 이걸 어떻게 할까 고민하다가 문득 R이 생각났다.

같이 전시를 보러 가면 좋을 것 같아서 다음 모임 때 만나면 물어봐야겠다고 생각했는데, 여자에게 데이트 신청을 하는 건 오랜만이라 이것도 꽤 긴장되었다. 나랑 아직 덜 친해서 같이 보러 가기 싫으면 어떡하나 하는 생각도 들었다.

모임 날 R의 옆자리에 앉은 김에 혹시 예술의전당에서 하는 기획 전시를 봤는지 물어봤더니, 아직 못 봤지만 보러 가고 싶었다고 R이 말했다.

"그럼 혹시 이번 주 일요일에 저랑 보러 가실래요? 제가 얼리버드 티켓 2장이 있는데 기한이 일요일까지라서요."

"오, 정말요? 전 좋아요. 몇 시에 만날까요?"

"일요일 아침 오픈런이죠! 그래야 사람이 적거든요."

"역시 J 님, 뭘 좀 아시네요. 좋아요!"

내 첫 데이트 신청이 먹혔다. 기분 좋게 주말을 맞이하던 중, R이 개인 톡으로 묻는다.

"단톡방에 내일 전시 보러 올 사람 있는지 물어볼까요? 인원이 많으면 맛있는 거 먹을 때 나눠 먹기 더 좋잖아요."

"그럼요, 좋아요! 제가 단톡방에 남길게요."

나랑 단둘이 만나는 건 좀 부담스러웠던 걸까 싶었지만, 나도 살짝 걱정한 건 사실이기에 그 마음이 충분히 이해되었다. 단톡방에 같이 전시회 갈 사람이 있는지 물어보았으나 딱히 아무도 손을 들지 않아서 그러려니 하고 일요일이 되었다.

아침 9시쯤, 남부터미널역을 향해 가고 있는데 단톡방이 울린다.

"혹시 저도 오늘 전시 함께해도 되나요?"

K였다.

"오, 그럼요. 10시까지 올 수 있으세요?"

"네, 10분 정도 늦을 수 있는데 얼른 갈게요."

"네네, 전 좀 일찍 도착해서 근처 카페에 있을 거니까 천천히 오세요."

10시 10분쯤 R과 K가 모두 도착했다. 늘 퇴근 후 저녁에만 만나던 사람들을 밝은 일요일 오전에 만나니까 이상한 기분이었다. 만나서 근황 토크도 없이 바로 전시부터 보러 들어갔는데, 큰 기대 없이 본 전시는 생각보다 좋았다. 한 시간 정도 관람한 뒤 나와서 엽서 2장을 구매했다.

"밥은 이 앞에 두부전골집 갈까요?"

"좋아요. 전골이랑 해물파전 하나 주문하죠."

밥을 먹으며 K가 갑자기 오게 된 이유를 말해 줬다.

"원래 올까 말까 계속 고민했는데, 어제 술 약속이 있었거든요. 아침에 일어날 자신이 없어서 깬 다음 결정하려고 했는데, 술을 생각보다 많이 안 마셔서 올 수 있었어요."

"다행이네요. 둘이었으면 추가 메뉴를 주문 못 했을 텐데. 덕분에 이것저것 주문해서 먹네요."

밥을 다 먹을 즈음 R이 다른 모임 때문에 3시쯤 종로로 가야 하니, 그 전에 커피를 마시자고 말했다. K가 본인이 차를 가져왔으니 어차피 움직이는 김에 약속 장소 방향으로 이동해서 예쁜 카페에 가자고 했고, 그때 R이 가 보고 싶던 찻집이 있는데 가도 되냐고 물었다. 지도를 보여 주며 찻집 사진도 보여 줬는데, 미술관처럼 멋진 건물 외관이 눈에 띄는 곳이었다. K도 나도 기꺼이 좋다고 했고 주차장으로 이동했다.

그런데 갑자기 K가 둘 중 한 명에게 미안하다고 말했다. 왜 그런가 했더니, 이런! 차가 2인승 스포츠카다. 뒷좌석이 있긴 하지만 몸을 좀 구겨서 타야 했다.

내가 불편한 게 차라리 마음이 편한 성격이라 바로 먼저 "제가 뒤에 탈게요. R 님이 앞에 타요. 앞보다 뒷자리가 편해서 그래요." 하고 말했다. 뒤에 타고 보니 내 키가 작은데도 불구하고 머리가 천장에 조금 닿는다. K가 괜찮냐고 물어보길래 괜찮다고 말했는데 오히려 조금 웃기기도 했다. 일요일 한낮에 이제 겨우 세 번 만난 사람들과 스포츠카 뒷좌석에 타서 서초구에서 종로구까지 이동하는 이 과정 자체가 말이다.

30분 정도 달려서 도착한 찻집은 자리가 많지 않은 곳이었지만 운 좋게 3명이 나란히 앉을 수 있었다. SNS 핫플레이스라 그런지 메뉴가 모두 비쌌지만 공간이 워낙 예뻐서 마음에 들었다.

주문한 음료를 기다리는 동안 K에게 전화가 왔다. 그가 전화를 받기 위해 자리에서 일어나 유리문 밖으로 나가는 와중에 갑자기 큰 소리가 들렸다.

"쾅!"

매장 안의 모든 시선이 소리를 따라 움직였고, 거기엔 전화에 집중하느라 유리가 있다는 걸 모르고 유리문에 얼굴을 쾅 부딪친 K가 있었다. 나와 R은 너무 웃겨서 큭큭큭 숨이 넘어가게 웃었는데, 다른 손님들은 차마 대놓고 웃지 못해서 웃음을 참고 있는 게 보였다. 나중에 보니 그 유리에 K의 이마 자국이 선명히 남아 있어서 그마저도 너무 재밌었다. 두고두고 놀리기 위해 R과 함께 이마 자국 사진을 찍어 놓기까지 했다. K는 부끄러워하면서도 우리가 놀리는 게 싫지는 않은 모습이었다.

차를 마시며 한 시간 정도 대화를 나누다 R이 다음 약속을 위해 이동해야 하는 시간이 되었다. 그녀를 약속 장소에 내려주고 K가 물었다.

"J 님은 어떻게 가시는 게 편해요?"

"전 그냥 K 님 이동 방향에 있는 아무 지하철역에 내려 주세요. 거기서부터 알아서 갈게요."

"음… 제가 와인을 사러 신림동으로 갈 예정인데, 2호선 괜찮으세요?"

사실 신림동이면 여기서 다시 멀리 가게 되는 거였다. 그렇지만 딱히 다른 약속도 없었고, 이야기나 좀 더 나누다 갈까 싶어서 흔쾌히 좋다고 했다.

처음으로 K와 둘이 남겨졌다.

어느 기묘한 일요일

: 뜨거운 햇살 아래서 순대를 나눠 먹다

종로에서 다시 신림동으로 이동하는 차 안에서 K가 말을 꺼냈다.

"그러고 보니 J 님은 비혼이라고 하셨죠?"

그렇다고 대답한 뒤 문득 생각해 보니, K가 지난 모임에서 다들 술을 꽤 마신 상태였을 때 했던 말이 생각났다.

"전 태어나서 한 번도 사랑을 해 본 적이 없어요. 물론 상대방을 좋아해서 연애한 적은 있지만, 그게 사랑은 아니었다 싶거든요. 저는 사랑의 정의를 상대방에게 독점욕을 느껴야 하는 거라고 생각하거든요? 예를 들어 내 연인이 다른 이성과 키스를 하거나 섹스를 한다고 하면 어떠세요? 싫죠? 근데 전 그게 상관이 없어요. 늘 그랬어요. 그래서 나중에 알게 된 거죠. 아, 내가 사랑을 느껴 본 적이 없고 앞으로도 느끼기 힘든 사람이겠구나 하고요."

그때 K의 말을 듣고 다른 사람들은 어떻게 생각했는지 모르겠다. 하지만 난 완전히 이해할 수는 없지만, 그럴 수도 있구나 생각했다. 사랑은 독점욕이라는 그의 말도 충분히 설득력이 있었다.

"K 님은 사랑을 해 본 적이 없고 앞으로도 하지 않을 것 같아서 연애 안 한다고 하셨죠?"

"네, 맞아요."

"그럼 결혼 생각도 없으신 거예요?"

"그렇다고 봐야겠죠? 제 이런 성향을 알고도 서로 괜찮다고 하면 결혼할 수 있을지도 모르지만, 그런 분은 사실 없을 것 같거든요."

"하긴 그렇겠네요. 그래서 비혼 주의인 거예요?"

"맞아요. 마흔 정도까진 내가 그런 사람인 걸 모르고 연애를 해 왔는데, 늘 이 부분 때문에 여자 친구에게 미안한 상황들이 만들어졌거든요."

"아, 뭔지 알 것 같아요. 이런 말 자주 듣지 않으셨어요? 오빠, 날 좋아하긴 해?"

"오오, 맞아요 맞아요. 진짜 늘 들었어요."

"크크, 네 그러셨겠네요."

K는 그러다 궁금해졌는지 내게 물었다.

"J 님은 어쩌다 비혼 주의가 되신 거예요?"

순간 어디까지 말하는 게 좋을까 싶어 고민했다. 거짓말을 하고 싶진 않지만, 아직 이 모임에서 내가 돌싱이라는 걸 밝히지 않은 상태였다.

"지난번에 살짝 말했듯이 6년간 만난 남자가 있었는데 헤어졌거든요. 30대 초반에 만나서 30대 후반에 헤어지게 된 건데, 헤어지고 보니 이미 전 나이가 많이 들었더라고요. 아, 물론 K 님에 비하면 아주 어리긴 하군요, 크크."

K도 따라 웃는다.

"그렇게 갑자기 다시 혼자가 되고 보니, 뭐랄까. 이 나이에 다시 연애해서 결혼하고 싶은 사람을 만나고, 아이까지 낳고 그럴 수 있을까 고민해 봤는데, 제가 그런 삶에 큰 가치를 두지 않더라고요. 혼자 충분히 잘 살 수 있을 거라는 확신도 있고요.

물론 인생은 알 수 없고 언젠가 결혼하고 싶은 남자가 나타날지도 모르지만, 그런 불확실한 변수를 고려하며 사는 것보단 그런 가능성은 없다고 생각하며 사는 게 속 편하기도 하고요."

K는 고개를 끄덕이며 맞장구를 쳐 줬다.

"저도 그래요. 60, 70살에 갑자기 사랑이 찾아올 수도 있겠지만, 그건 거의 있을 수 없는 확률이라고 생각하고 있거든요. 그때라도 그런 행운이 찾아온다면 정말 기쁘겠지만요. 저랑 비슷한 생각 가진 분을 오랜만에 만나서 좋네요."

K의 그 말이 빈말이 아니라 진심인 게 느껴져서 마음 한구석이 불편했다. 내가 결혼했었다는 사실을 빼곤 사실대로 말한 거지만, '결혼'이라는 단어가 있느냐 없느냐에 따라 내용은 전혀 다른 의미를 갖게 되는 거니까.

연애와 사랑에 대한 대화를 나누다 보니 어느새 신림에 도착했다. 주차하고 와인을 사러 가기 전에 K가 물었다.

"좀 배고프지 않아요?"

"네, 고프네요. 저희 밥 먹은 지 4시간 이상 흘렀잖아요."

"여기 시장 골목에서 간단하게 뭐 먹고 가실래요?"

마침 출출하던 차라 잘됐다 싶어서 흔쾌히 그러자고 하고 시장에서 닭강정과 순대 한 봉지를 샀다. 먹을 만한 곳이 없나 둘러보니 마침 앞에 도림천이 있어서 하천에 있는 벤치에 앉아 간식을 먹기로 했다.

5월의 일요일 오후 3시 무렵. 조금 뜨거운 햇살 아래에서 닭강정과 순대를 이쑤시개로 하나씩 집어 먹으며 주위를 둘러봤다. 개울가에서 물놀이하는 어린아이들, 손을 잡고 산책하는 커플들, 친구와 수다를 떨며 앉아 있는 청년들. 다양한 모습으로 주말 오후를 보내는 사람들 속에서 문득 우리 둘이 지금 뭐 하고 있는 건가 하는 생각이 들었다. 아침까지는 아예 만날 예정도 없는 사람이었는데, 어쩌다 내가 K와 예술의전당에서 전시를 보고 두부전골을 먹고 종로에 있는 찻집에 가서 차를 마시고 신림동에 와서 순대를 먹고 있는 걸까. 생각하니 웃음이 났다. 그것도 생각보다 굉장히 진지하고 다양한 얘기를 나누면서 말이다.

"여기 세워 드리면 돼요?"

"네, 여기면 돼요. 정말 감사합니다! 조심히 들어가세요."

인사를 하며 그의 차에서 내려 지하철을 타러 갔다. 집으로 가는 동안 이 기묘한 하루를 돌아봤다. 전시회에서 서로 찍어 준 사진들과 유리문에 찍힌 K의 이마 자국 사진을 보고 키득대고 웃으며, 이런 묘하게 여유로우면서 바쁜 하루도 재밌구나 싶어 즐거웠다.

K와 친해지기 시작한 첫날이었다.

솔직함은 나의 힘

: 안녕하세요, 아이 없는 돌싱입니다

☎

지난 예술의전당 번개 때 K와 차 안에서 나눈 대화가 그 후 계속 신경 쓰이기 시작했다. 그는 내가 자기와 똑같은 미혼 상태에서 비혼을 결심한 사람이라고 생각하고 동질감을 느끼는 듯했다. 사실 그렇지 않다고 말을 꺼내기 어려웠다. 물론 K는 그 대화에서 별생각이 없었을 수도 있지만, 난 거짓말을 하게 된 셈이라 마음이 불편했다.

솔직한 성격은 내 장점이다. 나 자신에게 솔직하기 위해서 이혼을 했고, 내 마음속 목소리에 솔직하기 위해 친구를 만나러 새로운 모임에 나가기 시작했다. 그러던 중 운 좋게도 좋은 사람들을 만났다. 각각 나이도 환경도 직업도 달랐지만, 상대방을 배려하고 예의 바르며 함께 있을 때 즐거운 에너지를 주는 좋은 사람들이다. 그들과 계속 친하게 지내고 싶다. 마음을 좀 더 터놓고 진실한 관계를 만들어 가고 싶다. 그러려면 나 자신을 솔직히 밝혀야 한다고 생각했다.

경험상 알고 있다. 고백은 빠를수록 좋다. 전남편의 경우를 봐도 충분히 알 수 있지 않은가. 거짓말을 시작하고 몇 개월 지나면 더 이상 진실을 말할 수 없게 된다. 자기 자신조차 속이게 된다. 그렇게 되고 싶지 않았다.

"날씨도 따뜻해져 가는데 퇴근하고 한강공원에서 돗자리 펴 놓고 치맥 할래요?"

K가 채팅방에 번개 제안을 했다. 다들 좋다면서 날짜와 장소 투표를 했다. 다음 주 수요일 저녁 여의도에서 만나기로 정해졌다. 퇴근 후 친구들과 한강 치맥이라니, 이게 대체 얼마 만인지 생각만 해도 설렜다. 소개팅도 아닌데 예쁜 옷 입고 가야겠다며 옷을 고르기까지 했다.

약속 당일은 계속 따뜻해지던 날씨가 갑자기 찾아온 추위

와 강풍으로 하필이면 조금 쌀쌀해진 날이었다. 다들 아침부터 "우리 이러다 한강에서 입술 파래져서 덜덜 떨다 오는 거 아니에요?" 하며 장난 섞인 걱정을 내비쳤고, 일단 여의도에서 만나 저녁을 먹고 생각해 보기로 했다. 처음 만난 날 이후 7명 모두가 다 모인 건 처음이었다. 내 고백을 하기에 딱 좋은 날이라는 생각이 들었다.

밥을 다 먹어 갈 때쯤 아무래도 한강은 너무 추울 것 같다는 의견이 많았다. 대안으로 여의도에서 일하는 K가 자주 가는 술집이 있다기에 모두 거기로 가자고 의견을 모았다. 들어설 때는 평범한 술집 같았는데 7명이 모두 들어가는 룸이 있어서 우리끼리 이야기하기 딱 좋았다.

마시고 싶은 술들을 시키고 가벼운 안주를 주문하고 수다를 이어 가던 중, H가 게임 제안을 했다. 가벼운 질문 게임이 있는데 랜덤으로 질문 쪽지를 하나씩 꺼내 읽고 질문에 대답한 뒤, 그 질문을 적은 사람이 누구인지 맞히는 게임이었다.

'카레맛 똥? 똥맛 카레?' 같은 식의 황당하지만 웃기는 밸런스 게임도 있었고, '가장 기억에 남는 연애는?' 식의 연애 질문도 있었다. '오늘 모인 사람들 중 이상형이 있다, 없다?' 같은 흥미

진진한 질문도 있었다. 서로 어느 정도 친해진 후 물어보는 질문이라 그런지 다들 생각보다 질문을 적은 사람을 잘 맞혔다.

그러다가 내 차례가 되어 뽑았는데, 질문을 보자마자 '아!' 하는 생각이 들었다.

"혹시 나 이거 제일 마지막에 읽고 대답해도 돼요? 이제 거의 다 돌았으니까요. 마지막에 대답하고 싶은 질문이 나왔어요."

다들 궁금해하면서도 그러라고 하고 다음 순서로 넘어갔다. 2명이 더 대답한 뒤, 내 차례가 되었다.

"내가 뽑은 질문은 '인생에서 가장 용기 낸 순간은 언제인가?'예요. 내 인생에서 가장 용기를 냈던 순간은…"

가볍게 심호흡을 하고 말을 이어 갔다.

"그 순간을 말하려면 먼저 여러분한테 얘기할 게 있어요. 원래 오늘 말할 생각이었는데, 질문이 정말 운명적으로 나에게 왔네요. 난 사실 돌싱이에요. 작년에 이혼했거든요."

모두가 조금은 놀라는 표정이었지만 그렇다고 나를 이상하게 보거나 하는 눈빛은 없었다.

"처음엔 그냥 가벼운 마음으로 사람들하고 대화하고 싶어서 나왔던 건데, 여러분과 이렇게 만나는 게 좋아서, 앞으로도 계속 친하게 지내고 싶거든요. 그런데 내가 돌싱인 걸 계속 숨기면 거짓말하는 게 되니까, 그러고 싶지 않았어요. 이혼한 사람은 이 모임에 어울리지 않는다고 생각하면 솔직히 말해 줘도 돼요."

"무슨 상관이에요. 말해 줘서 고마워요. 정말 몰랐어요. J 님한테 그런 일이 있었다는 티도 전혀 안 났고요."

모두 괜찮다며, 걱정하지 말라고, 말해 줘서 고맙다고 했다.

"고마워요 다들. 아무튼 다시 질문으로 돌아오자면, 내가 인생에서 가장 용기 낸 순간은 '작년에 이혼을 결심했던 순간'이에요. 지금 이 고백을 하는 건 그거보다 어렵진 않네요."

그래, 내 인생에서 사실 이 정도 고백은 아무것도 아니다. 난 훨씬 깊은 상처도 입어 봤고, 인생을 뒤바꿀 중요한 선택도 해 봤으니까. 설령 이 고백으로 인해 이들을 잃게 되더라도 아직 관계가 깊어지기 전인 지금이라면 크게 상처받지 않고 금방 정리할 수 있을 걸 알고 있었다. 하지만 다행히 모두 이해해 주었고, 앞으로도 친구로서, 더 마음을 터놓는 친구로서 지낼 수 있게 되었다. 이들과의 만남은 계속해서 내 삶에 영향을 주고 있었다.

어서 와요, 우리 집에

: 책 오타쿠의 집에 초대합니다

☽

돌싱이라는 사실을 모임 친구들에게 말한 이후, 그들이 나를 대하는 모습은 달라진 게 없었다. 역시 용기 내서 고백하길 잘했단 생각이 들었다. 우리가 함께 있는 채팅방은 거의 매일 쉬지 않고 맛집 추천이나 전시회 제안 등 다양한 대화가 오갔다. 성인이 된 후 이렇게 성별, 연령, 직업을 초월해 가까워진 사람들은 처음이라 이 만남 자체가 참 기쁘고 귀했다.

몇몇 멤버는 SNS 계정을 공유해서 서로 팔로우를 하기도 했는데, 내 계정은 애초에 일기장처럼 쓰는 비공개 계정이라 드러내지 않다가 이들에게는 알려 줘도 괜찮겠다 싶어서 서로 팔로우를 하고 공개하게 되었다. 한 달에 두세 번 업로드할 정도로 가끔 사진을 올리는데, 예전에 올린 사진을 보았는지 모임 때 우리 집 얘기를 누군가가 꺼냈다.

"J 님네 집 너무 예쁘던데요? 홈 파티도 엄청 자주 열고."

"아, 사실 홈 파티 열기 시작한 지 얼마 안 됐어요. 이사한 이후에 집 정리를 계속 미루다가 지난달에 겨우 끝이 나서, 그동안 집에 초대해 달라던 친구들을 부르기 시작했거든요. 홈 파티 재밌더라고요! 집에서 마시니까 취해도 걱정 없고."

"진짜 그렇겠네요. 아, 그럼 혹시 우리도 초대해 줄 수 있어요?"

"저야 대환영인데, 집이 되게 멀어요. 경기도에서도 꽤 깊은 곳에 있거든요."

"그래도 대중교통으로 갈 수 있는 곳이잖아요."

"그야 그렇죠. 그냥 하는 소리가 아니라, 정말 혹시 다들 시간 되면 우리 집에 초대할게요."

모두 좋다며 그 자리에서 바로 홈 파티 날짜를 정하게 되었다. 이 빠른 전개가 어리둥절하면서도 내심 기분이 좋았다. 그들과 더 가까워지는 과정 같았으니까.

돌아오는 토요일 저녁에 모이기로 날짜가 정해진 후, 설레는 마음으로 음식 메뉴를 뭘로 할지 고민하며 시간을 보냈다. 성격상 내가 좀 손해를 보더라도 푸짐하고 만족스런 식탁을 차리는 걸 좋아한다. 애피타이저와 식사 메뉴 몇 가지, 디저트, 과일, 음료, 주류 등을 다양하게 준비하며 토요일을 맞이했다.

약속 당일 날씨는 화창했다. 6월이라 이미 낮 기온이 높아진 상태였는데 구름이 조금 껴서 햇살을 가려 주고 있었다. 넓은 식탁에 테이블 매트와 앞접시, 커트러리, 개인 물컵과 와인잔을 세팅했다. 경험상 이것만 차려 놔도 음식 메뉴가 치킨이든 피자든 떡볶이든 왠지 그럴싸해 보이는 마법이 펼쳐진다. 베란다에 보관해 놨던 접이식 의자를 추가로 꺼내고 현관에 손님용 슬리퍼도 가지런히 놓았다. 에어컨을 켜서 온도 조절을 하고, 미리 만들어 놓을 수 있는 음식은 먼저 준비해서 테이블에 올려 두었다.

준비를 거의 마쳤을 무렵 손님들이 집에 도착했다. K와 R 그리고 H가 다 같이 K의 차를 타고 도착했는데 오자마자 H가 K의 차(바로 그 2인승 스포츠카!) 뒷좌석 체험담을 열심히 늘어놓으며 너무 힘들었다고 장난 섞인 말투로 말했다. 나도 그 기분

뭔지 안다며 웃으며 말했다. Y도 곧 도착했고 나까지 5명이 모이게 되었다.

"음식 먹기 전에 집 구경부터 해도 돼요? 집이 너무 예뻐요."

"그럼요. 옷장 문만 안 열면 다 구경해도 돼요."

다들 거실에서 보이는 창밖 풍경에 먼저 감탄하고, 예쁘게 인테리어를 꾸민 거실과 주방을 구경하기 시작했다. 이어서 노란색 가림막 커튼으로 막혀 있던 서재 차례가 되자 감탄사가 쏟아져 나왔다.

"헉! 이게 다 책이에요?"

"네, 제가 사실 책 덕후라서요. 제 소중한 서재입니다."

다들 눈이 동그래져서 책장에 꽂힌 수천 권의 책을 구경하기 시작했다. K는 그중 마니아적인 책들을 발견하곤 감탄하기 시작했다.

"와… 이 책이 있다고요? 이 책 마니아들 사이에서도 아는 사람이 별로 없는, 특히 여자들 중에 이 책 아는 사람은 한 번도 본 적이 없는데. J 님 진짜 오타쿠네요?"

"크흠, 네 맞습니다. 오타쿠입니다. 부인할 수가 없네요."

"와… 진짜… J 님…."

다른 분들은 책에 큰 관심이 없어서 잠시 감탄하고 끝났는데, K는 깊은 감명을 받았는지 식사하는 와중에도 끝없이 감탄사를 뱉었다.

집들이 선물로 받은 와인과 간식들을 함께 나누어 먹고, 내가 준비한 음식도 천천히 즐기며 이런저런 대화를 이어 갔다. 와인이 3병째 비워지던 즈음 R이 나에게 물었다.

"J 님, 하나 물어봐도 돼요?"

"응? 어떤 거요?"

"왜 이혼했는지 물어봐도 돼요?"

그러자 다른 3명의 눈이 나를 향했다.

호기심 어린 그들의 눈동자를 보고 있자니, 조금 쓴웃음이 배어 나왔다.

가십거리를 제공해 드립니다

: 친하면 물어봐도 되나요

"어라… 혹시 다른 분들도 다 그게 궁금했던 거예요?"

모두 고개를 끄덕이며, 사실 자기들도 그걸 물어보고 싶었다고 했다. 하지만 너무 개인적인 일이라 차마 말을 못 꺼내고 있었다고.

"우리 이렇게 집에 초대될 정도면 많이 친해진 것 같기도 하고, 술도 마셨으니 용기 내서 물어봐요. 아, 물론 말하기 힘들면 안 하셔도 되고요."

그들의 호기심 가득한 눈빛을 보니, 어떤 마음인지 알 것 같았다. 아직은 주변에 이혼한 사람이 많지 않을 테니까. 이렇게 멀쩡하게, 즐겁게 지내는 모습을 보면 이혼의 상처가 느껴지지 않아서 물어보는 것일 수도 있겠다. 용기 내 물어본다고는 하지만, 글쎄… 정작 이들보다 가깝게 지내고 있는 회사 동료들은 더욱 조심하느라 여태 나에게 묻지 않은 일이다. 이혼 사실을 밝힌 게 이들의 흥밋거리로 소비되었을 수 있다는 생각에 조금 씁쓸한 맛이 입안에 맴돌았다. 그래도 여기서 분위기를 얼어붙게 만들 정도로 사회성이 없지도 않고, 이혼 사유를 말해도 크게 상관은 없겠다 싶었다.

난 그동안 이혼했다는 사실 자체는 만나는 사람들에게 늘 솔직히 말했다. 하지만 이혼 사유는 말하지 않았다. 솔직하고 숨김없는 성격 탓에 이혼 전에도 이런저런 일상 얘기를 친한 사람들과 하곤 했는데, 일상 얘기를 하다 보면 어쩔 수 없이 대화 중에 남편이 등장하곤 했다. 그래서 남편을 실제로 만난 적 없는 사람들조차도 내 남편에 대한 어떤 이미지를 가지고 있는 경우가 많았고, 그 이미지는 대체로 매우 긍정적이고 좋은 모습이었다. 그럴 수밖에 없었다. 내가 늘 그의 좋은 점만 말했으니까. 그래서 그에 대해 좋은 인상을 가지고 있는 지인들에게

남편의 외도 때문에 이혼했다고는 차마 말하지 못했다. 굳이 그들에게까지 배신감을 느끼게 할 필요는 없다고 생각했다.

하지만 지금 내게 이혼 사유를 묻는 이 사람들은 전남편에 대해 전혀 모르는 사람들이다. 그들의 직업과 회사를 모두 알고 있어서 전남편과 접점이 없을 거라는 확신도 있었고, 술도 마신 김에 처음으로 솔직하게 이혼 얘기를 해 보고 싶기도 했다.

"남편이 바람을 피워서 헤어졌어요."

내 말이 끝나자마자 인상을 찌푸리고 약간의 화가 난 표정을 짓는 사람들. 그래, 아주 정상적인 반응들이다.

"잘했어요. 바람피우는 사람은 한 번 피우면 계속 피우더라고요."

"그러니까. 진짜 잘했어요."

모두 한 잔 하자면서 와인 잔에 술을 따른다. 나의 성공적인 이혼을 위한 건배인가. 어쨌든 짠 하며 잔을 부딪쳤다.

빈 와인병이 하나둘 계속 늘어나며 다들 취해 가기 시작했다. 취기가 오를수록 더 솔직한 이야기들이 오갔고, 그러던 중 K가 갑자기 말했다.

"아니, J 님. 그놈하고 그냥 헤어진 거예요?"

"응? 아, 전남편이요? 그렇죠. 그냥 위자료까지 쳐서 재산 분할을 했고, 저도 변호사 비용이나 몇 년에 걸친 상간녀 소송 같은 걸 하느니 내 정신 건강을 지키는 게 좋다고 생각했거든요."

"아무리 그래도 한 대 패 주기라도 하지 그랬어요. 내가 다 화가 나네."

"크크, 그러게요. 그땐 그 생각을 못 했는데, 이런 사유라면 몇 대 패 줬어도 될 뻔했네요."

K가 내 이혼 사유에 저렇게 분개하는 모습을 보니 조금 낯설었다. 많이 취했나 보다, 슬슬 보내야겠다고 생각했다.

"이제 다들 가야죠. 시간이 많이 늦었어요."

방향이 같은 셋은 함께 택시를 타고 이동하기로 해서 먼저 출발했고, K는 대리 기사를 불렀는데 오는 데 10분 정도 걸린다기에 우리 집에 잠시 남게 되었다.

"괜찮으세요? K 님 많이 취했어요."

"괜찮아요. 근데 J 님 진짜…"

"네?"

"진짜 오타쿠시네요."

"아니, 갑자기 또 무슨 소리에요."

킥킥 웃으며 받아쳤다.

"정말 저런 책 가지고 있는 여자분 처음 봐요. 와, 진짜. 너무 놀랐어요."

"제 책의 가치를 알아봐 주시니 좋네요, 저도."

오타쿠는 원래 오타쿠임을 알아봐 주는 사람을 만났을 때 기쁜 법이다. K의 반응이 내심 반가웠다. 조금 우쭐한 기분도 들었다.

"아, 대리 기사님 도착하셨나 봐요."

"네네, 조심히 들어가시고요. 오늘 와 주신 것도 선물도 모두 정말 고마워요."

"뭘요. 덕분에 재밌게 잘 놀았어요. 푹 쉬어요, J 님."

철컹. 문이 닫히고 집 안에 적막함이 흐른다.

왠지 정신없는 하루였고 쉴 틈도 없었지만, 기분 좋은 피곤함이 내 안에 가득했다. 몇 번의 손님 초대를 했었는데, 내 이혼 사유를 커밍아웃한 사람들은 처음이라 그런 걸까. 왠지 다른 기분이었다. 그들에겐 금방 잊힐 가십거리에 불과할 수도 있지만, 나에겐 내 마음속 빗장을 또 하나 여는 순간 같기도 했다.

위스키 로드의 시작

: 단둘이 처음 만나 보네요

홈 파티 이후로도 모임에서 종종 번개를 하고, 와인을 마시기도 했다. 그런데 정작 이 무렵 나는 와인이 아니라 위스키에 빠지고 있었다. 위스키를 좋아하게 된 건 회사 회식 자리에서 우연히 마시게 된 조니워커 블루라벨 때문이었다. 그때는 '위알못'이라 그게 얼마나 좋은 술인지 모르는 상태로 마셨다. 비싼 술이라길래 내가 아무리 술을 못해도 이 기회에 마셔 봐야지 하며 한 모금 마시는 순간 눈이 번쩍 뜨였다.

'어라? 위스키가 단순히 독한 술이 아니었어? 이런 부드러운 맛이 난다고? 게다가 목구멍을 타고 흘러가면서 남는 잔향이

이렇게 좋다고?'

나도 모르게 감탄하며 술잔에 남은 조니워커 블루를 홀짝 홀짝 마시게 되었고, 그게 내 위스키 인생의 시작이었다.

원래 덕질은 유전자라서 하나를 덕질할 수 있는 자는 다른 분야에도 푹 빠질 가능성이 높은 법이다. 난 그런 내 성격을 잘 알고 있어서 책과 커피 외에는 어떤 분야에도 깊이 빠져들지 말자고 다짐하며 평소에 조심하는 편이었고, 그 이유 때문에 남들이 다 하는 게임도 유튜브도 드라마도 거리를 두었다. 중독을 피하려면 애초에 발을 들이지 않는 게 좋으니까. 하지만 예고도 없이 내 삶에 훅 난입해 버린 위스키 덕분에 숨어 있던 덕질 유전자가 다시 깨어나고 있었다.

그런데 하필이면 시작이 조니워커 블루라니! 처음 마실 때는 몰랐지만, 위스키 중에서도 고급 라인으로 면세점에서 사도 한 병에 20~30만 원 정도 하는 비싼 술이었다. 게다가 그 맛이 단점 없이 훌륭해서 다른 일반적인 위스키는 이미 나를 만족시켜 주지 못했다.

그래도 이걸 데일리 위스키로 자주 마실 수는 없는 노릇이니, 적당한 가격대에서 괜찮은 위스키를 발견해 보자는 마음에 회사 근처 바를 찾기도 하고, 추천을 받아 마셔 보기도 했다. 그렇게 위스키를 공부하던 중 '남대문 던전'의 소문을 듣게 되었다. 위스키 애호가들의 성지로 불린다는데, 입문자로서 안 가 볼 수 없었다. 인터넷에서 방문 후기를 찾아보니 초보자가 혼자 가기엔 좀 무섭기도 하고, 남대문시장 자체가 워낙 복잡해서 길을 못 찾을 것 같았다. 그래서 3040 모임 채팅방에 슬쩍 번개 공지를 올렸다.

"저랑 남대문에 위스키 사러 가실 파티원 모집합니다."

슬프게도 이 모임은 대부분 와인을 좋아해서 선뜻 같이 가자고 손드는 사람이 없었다. 그런데 그때 K가 톡을 남겼다.

"저도 위스키 사러 가려고 했는데 같이 가실래요?"

"오! 좋아요."

일단 한 명을 모집했다. 잠시 뒤 K에게서 개인 톡이 왔다.

"다른 분들 있는 방에서 얘기하면 민폐일 수 있으니 따로 톡 드려요."

"네네, K 님 언제 시간 괜찮아요?"

"음, 이번 주 토요일 낮에 어떠세요?"

"전 좋아요. 토요일 오후 3시쯤 회현역에서 만날까요?"

"그러시죠."

짧고 간결한 번개 연락. K의 실제 말투와 표정이 연상돼서 왠지 웃음이 났다. 하긴 나도 메시지 말투에서 평소 성격이 묻어나니까.

약속한 토요일은 예년보다 더운 날씨의 6월 중순이었다. 한낮 기온이 30도를 넘는다고 하길래 가지고 있는 옷 중 가장 시원한 원피스를 입고 샌들을 신고 남대문을 향했다. 가고 있는 중에 톡이 왔다.

"너무 덥네요."

"그러게요. 얼른 사고 시원한 곳으로 이동하시죠."

"네, 전 차를 가지고 가는 중이라 OO주차장에 주차할 예정이니 그쪽으로 오시면 돼요."

주말 낮 시간, 서울 한복판에 차를 끌고 오다니. 제시간에 도착할 수 있을지 걱정하며 회현역으로 향했다. K가 말한 주차장에 먼저 도착해서 기다리는데 왠지 기분이 이상했다. 딱히 데이트도 아니고 그저 번개 약속일 뿐인데 빌딩 유리에 비치는 내 모습을 보며 머리도 한번 정리하고 옷매무새도 가다듬었다. 이건 그냥 여자의 본능인 건가. '그래, 어쨌든 남자 사람을 만나는 건데 이 정도는 원래 하는 거 아니겠어?' 하며 괜히 혼자 멋쩍어했다.

곧이어 도착한 K가 차를 주차하고 밖으로 나왔다. 이전부터 느꼈지만 그는 옷을 깔끔하게 잘 입는다. 처음에 그의 나이를 실제보다 5살 이상 어리게 봤던 것도 그의 옷차림과 스타일 때문이었으니까. 내 주변에 K의 연령대인 남자들은 대체로 아저씨 분위기가 물씬 풍기는데, K는 달랐다. 깔끔한 흰 티셔츠와 몸에 잘 맞는 청바지, 흰 운동화를 신고 나온 K의 오늘 옷차림은 내가 좋아하는 스타일이었다. 오늘은 그중에서도 평소 모습과 조금 다르다 싶었는데, 아! 안경을 쓰고 있었다. 아마 운전해서 오느라 쓴 것 같았는데, 안경 쓴 모습이 낯설었다.

"길 안 막혔어요?"

"막힐까 봐 일찍 나왔어요. 원래 지하철 타고 오려고 했는데 너무 더울 것 같아서 차를 안 탈 수 없었어요."

"더위 많이 타나 보네요?"

"더위보다도 피부가 햇볕 받으면 금방 예민해져서 가능하면 햇빛을 피하는 편이거든요."

"아아, 그럼 얼른 시장 골목으로 들어가시죠. 거긴 건물들 때문에 해가 좀 가려지잖아요. 어디로 가는지 알고 계세요?"

"네, 전 와 봤어요. 따라와요."

K가 앞장서고 내가 뒤따라가면서 어떤 위스키를 살지 얘기를 나누다 보니 금방 위스키 마니아들의 성지라는 남대문 던전에 도착했다. 실제 도착해 보니 위스키 매장은 5군데 정도뿐이고, 그 안에서 주인장에게 일일이 가격을 물어보며 구매해야 하는 시스템이라 나같이 겁 많은 초보자는 혼자 왔다간 바가지 쓰기 쉬웠겠구나 싶었다. K와 함께 온 덕분에 그가 가격을 물어봐 주기도 하고 이런저런 팁을 줘서 원하던 위스키를 적당한 가격에 살 수 있었다.

"고마워요! 덕분에 혼자는 못 와 볼 곳을 경험했네요."

"뭘요. 저도 덕분에 위스키 잘 샀어요."

"문득 생각해 보니, 우리 모임에서 이렇게 단둘이 번개하는 건 처음이네요?"

"아, 그렇네요. J 님하고 저번에 도림천에서 순대 먹은 날은 R 님이 중간까지 같이 있었으니까."

"네, 사실 둘이 보면 좀 어색하지 않을까 싶었는데 생각보단 괜찮네요."

"그러게요. J 님이 상대방을 편하게 해 주는 편이라 그런 것 같아요. 제가 말을 잘 못하는데 J 님이 잘하시니까 마음이 편하네요."

웃으며 말하는 K의 얼굴을 보니 나도 한결 마음이 편안해졌다. 그러고 보면 소개팅 상대도 아니고, 썸남도 아니고, 사귀는 사람은 더더욱 아닌 남자와 단둘이 주말 오후를 보내는 게 얼마 만인지 기억도 나지 않았다. 어쩌면 처음 해 보는 경험 같기도 했다.

어릴 때도 해 보지 않던 일을 30대 후반이 된 지금 처음 경험해 보는 게 점점 낯설지 않아졌다. 나이와 새로운 경험은 반비례 관계라고 생각했는데, 내가 참 좁은 세상에 갇혀 있었구나, 역시 내가 알고 있는 사실이 세상의 진실은 아니구나 하는 생각이 들었다.

무더운 6월 어느 주말, K와의 하루는 아직 끝나지 않았다.

혼자 사는 남자 집에 들어갑니다

: K의 집은 처음입니다만

각자 구매한 위스키를 들고 K의 차에 타며 이제 어디를 갈까 얘기를 나눴다. 배는 고팠지만 둘 다 남대문 근처에는 잘 아는 맛집이 없었다.

"혹시 망원동 쪽으로 이동해도 돼요? 그쪽은 제가 전에 오래 살아서 맛집 많이 알아요."

"좋죠!"

흔쾌히 대답한 뒤 차를 타고 이동했다. 주말이라 길이 좀 막혔지만 그래도 5시쯤 망원동에 도착할 수 있었다. 동네 끄트머리에 주차를 하고 천천히 걸어서 K의 단골이라는 일본식 화로

구이집에 도착했다. 원래 굉장히 줄을 길게 서는 곳인데, 도착했을 때 딱 2명 자리가 남아 있었고 우리가 그 자리에 앉자마자 바로 뒤이어 사람들이 줄을 서기 시작했다.

"오, 우리 되게 운이 좋았어요."

"그러게요? 역시 제가 럭키 걸이라 그런 듯!"

내가 농담을 하자 K가 웃어 보인다. 더위를 가시게 해 줄 시원한 하이볼 2잔을 주문하고, 화로에 소고기를 한 점씩 올려 구워 먹으며 이런저런 이야기를 나눴다. 주로 과거 연애 얘기였는데, K는 우리 집에서 본 내 책들에 대해서도 수시로 얘기하곤 했다.

소고기를 다 먹은 뒤 귀여운 수제 아이스크림을 파는 곳으로 이동했다. 고기를 먹은 다음 달콤한 후식이라니, 이 사람이 뭘 좀 아는군 싶어서 마음에 들었다. 아이스크림을 야금야금 먹고 있는 중에 K가 톡을 받았다.

"어? Y가 뭐 하냐고 묻는데요? 심심한가 보네."

K와 Y는 형 동생 하며 꽤 친해진 상태였는지 종종 둘이 연락을 주고받는 것 같았다.

"아, 진짜요? 주말에 형한테 연락해서 심심하다고 하다니,

왠지 눈물이 나네요."

"하하, 그러니까요. 혹시 J 님 괜찮으면 여기 오라고 할까요? 불편하면 안 부르고요."

"전 좋아요. Y 님이야말로 형이랑 둘이 놀고 싶었는데 저 때문에 방해되는 거면 제가 쓰윽 빠져 드리겠습니다."

"오히려 좋아할 거예요. 그럼 망원동으로 오라고 할게요."

Y가 오면 술 한잔 더 하겠냐는 K의 제안에 그러자고 했더니 자주 가는 단골 술집이 있다며 안내했다. 천천히 걸어서 도착하니 Y가 가게 앞에 먼저 와 있었다. 반갑게 인사하고 함께 들어간 술집은 망원동스러운 작은 1인 셰프 술집이었다. 여자 사장이 혼자 요리하고 서빙하는 곳이었는데, 메뉴판에 없는 메뉴도 즉석으로 만들어 주는 심야식당 같은 곳이었다.

"K? 오랜만이네!"

사장님이 K를 알아보곤 반갑게 인사를 건넸다.

"이사 간 뒤로는 이 동네로 잘 안 오게 되더라고요. 잘 지냈죠?"

"나야 똑같지. 그런데 이분들은 처음 보는 분들이네? 어서 와요."

한눈에도 밝은 에너지가 넘치는 사장님은 우리에게도 유쾌하게 말을 걸어왔다. 평소 술을 마시러 다니지 않다 보니, 단골을 맞이하는 유쾌한 술집 사장님을 만나게 되어서 왠지 기분이 좋았다. 안주로 먹을 가게의 시그니처 메뉴를 하나 주문하고, 보관해 두었다는 위스키를 꺼내 술을 마셨다.

"그러고 보니 얘가 여자 데리고 온 건 처음이네? 맨날 혼술하러 오거나 남자 동생들 데리고 와서, 보통 나랑 수다 떨며 노는데."

"아, 그래요? 의외네요. 여자들만 잔뜩 데려올 것 같은 이미지인데 말이죠."

내가 농담을 했더니 사장님도 웃으면서 "맞아 맞아. 그런 이미지지. 그런데 여자는 다른 데서 만나는 것 같고, 여긴 안 데려오더라고." 하며 함께 농담으로 받아 주었다.

위스키를 각자 2잔 정도씩 마신 뒤 K가 제안했다.

"어때요? 장소 이동해서 한 잔씩들 더 할래요?"

Y와 나는 둘 다 좋다고 하며, 근처에 어디 아는 데 있냐고 물어봤다.

"음, 위스키로 계속 마실 거면 밖에서 마시지 말고 우리 집에 가서 마실까요? 밖에서 마시면 비싸잖아요. 오늘 내가 산 위스키 같이 마셔요."

K의 집은 망원동에서 차로 15분 정도 걸리는 거리였다. 남자 2명과 함께 남자 혼자 사는 자취방에 가서 술이라… 예전의 나였다면 무서워서 절대 응하지 않았을 것 같았다.

하지만 지난 예술의전당 번개 때 K와 나눈 대화, 우리 집에 방문했을 때 나눈 대화 그리고 오늘까지. 모임 사람들 중 어쩌다 보니 K와 가장 많은 시간을 보냈고 그 과정에서 느낀 건 이상한 짓을 하거나 수상한 행동을 할 사람은 아니라는 거였다. 물론 사람을 잠깐 보고 어떻게 알겠느냐고 할 수도 있지만, 난 내 직감과 안목을 믿고 있었다. K도 Y도 나쁜 사람들이 아니다.

대리 기사를 불러서 금방 도착한 K의 집은 그의 옷 스타일 같은 이미지였다. 깔끔하고 세련된 느낌. 40대 중반의 혼자 사는 남자가 이렇게 잘해 놓고 산다니 신기할 정도였다. 유행하는 미드센추리 감성의 가구와 조명, 지저분한 곳은 가림막 커튼으로 가려 놓는 센스, 잘 정리된 책장과 곳곳에 배치되어 있는 식물까지. 여기 사는 사람이 남자가 아니라 여자라고 하는 게 어울릴 정도였다. 남자보다 여자가 더 잘 꾸미고 산다는 내

고정관념 때문에 그렇게 느끼는 거겠지만 말이다.

오피스텔에 기본 옵션으로 있는 테이블에 셋이 둘러앉아 2차를 시작했다. 물론 Y에게만 2차였고, K와 나는 소고기부터 아이스크림, 술집까지 다녀왔으니 4차였다. 그래서인지 이쯤부터는 취해서 무슨 대화를 나눴는지 정확히 기억나지 않는다. 이날 하루 동안 마신 위스키가 6잔은 되는 것 같으니까. 아마 굳이 기억하지 않아도 되는 소소한 이야기들이긴 했을 거다. 많이 취했다는 걸 스스로 알면서도 왠지 묘하게 기분 좋고 즐거워서 K의 집까지 오게 된 거니까.

밤 12시경 지하철이 끊긴 시간, 집으로 돌아가는 택시 안에서 길었던 하루를 돌아봤다. 오후 3시에 만나서 12시에 헤어졌으니 9시간을 밖에서 돌아다녔다. 그것도 남대문에서 망원동, 망원동에서 K의 집까지.

K와 보낸 이 하루는 그동안 다른 사람들과 경험해 본 적 없는 묘한 만남이었다. 어색하진 않지만 아주 친하지도 않은 연상의 남자와 온종일 함께 다니며 꽤 많은 대화를 나눴다. K의 학창 시절과 우여곡절 끝에 대학에 간 이야기부터, 내가 이혼하는 과정에서 겪은 일들과 다른 모임에서 만났던 독특한 사

람들과의 에피소드도….

K와 대화를 나눌 때면 큰 거부감이나 조심스러움 없이 솔직한 이야기를 하게 된다. 아마 그가 누구에게든 똑같이 솔직하게 대하기 때문이란 생각이 들었다. 그리고 어떤 이야기를 하든 오해하거나 편견을 가지고 받아들이지 않고, 있는 그대로 받아들이는 사람이라는 걸 어느새 내가 느끼고 있었던 것 같다.

6월치고는 꽤 덥고 습했던 날씨에 바쁘게 돌아다니며 보낸 하루가 피곤함으로 기억되지 않고, 예상치 못한 즐거운 여행으로 남게 될 것 같아 기분이 제법 좋았다. 그리고 K와의 관계가 왠지 조금 달라지고 있다는 것 역시 느껴졌다.

갑자기 연락해도 만날 수 있는 친구가 생겼습니다

: 말하지 않아도 편안한

본격적인 여름이 시작되는 6월 말. 친척 결혼식 때문에 일산에 갈 일이 생겼다. 평소 가던 동네가 아닌 곳에 가게 되어서 기왕 나온 김에 이 동네에서 뭐 할 게 없나 생각하던 차에 K가 생각났다.

"K 님, 지난번에 말했던 그 위스키 바에 오늘 가 볼까요?"

얼마 전 망원동에서 술을 마실 때 K가 일본 위스키에 대해 말했다. 히비키라는 일본 위스키가 자기 취향에 딱 맞는데, 요즘 일본 술이 구하기 어려워져서 술집에서도 잘 못 봤다고 하며, 합정동에 딱 한 군데 여러 병 구비해 둔 곳이 있으니 다음에 시간 될 때 같이 가서 마셔 보자고 했다. 일산에서 돌아오는 방향에 합정동이 있으니, 딱 동선이 맞을 것 같았다.

"앗, 저 오늘 저녁에 약속 있는데."

"그래요? 아쉽네요. 오늘 그쪽 가는 길에 가 볼까 했는데."

이렇게 술 번개는 무산되는 건가, 안 되면 별수 없지 하던 참에 K에게 바로 톡이 왔다.

"어라? J 님 언제 오는데요?"

"저는 결혼식이 1시라서, 끝나고 합정동 가면 3시 반에서 4시 정도일 것 같은데요?"

"그럼 그쯤 만날까요? 전 저녁 약속이라 그 전에 시간 돼요."

예상치 못한 낮술 제안이었다. 낮술이라, 내가 진정한 술꾼으로 거듭나려면 거쳐야 할 과정 아니겠는가. 오히려 좋은 제안이다 싶어서 그러자고 했다.

결혼식이 끝나고 합정역으로 이동하는데 한낮 기온이 33도라는 날씨 정보가 눈에 들어왔다. 그러고 보니 K는 햇볕에 오래 나와 있으면 안 된다고 했는데, 이런 날씨에 밖에 나와도 되나 싶어서 조금 걱정이 되었다. 합정역 8번 출구 쪽에서 K를 만났는데, 역시나 평소처럼 깔끔한 옷차림이었다. 주말에도 편하게 티셔츠에 반바지를 입는 성격은 아닌가 보다 싶었다. 하긴 결혼식을 다녀온 내 옷차림을 생각하면 K가 이렇게 입고 나와 줘서 다행이긴 했다.

"덥죠? 얼른 이동할까요?"

"아, 그런데 그 바가 아직 문을 안 열어서 어디 카페라도 들어가서 좀 쉬다가 갈까요?"

생각해 보니 4시도 안 됐는데 문을 안 열었겠구나 싶어서 그러자고 했다. 역 근처 예쁜 카페에 들어갔는데, 수입 병맥주를 함께 파는 곳이었다. K는 더우니까 이걸 마시겠다며 병맥주를 주문했고, 난 이따 위스키를 마실 거니까 참겠다고 하며 커피를 주문했다. 안주로 먹을 치즈케이크도 하나 주문하고 의자에 앉아 더위를 식혔다.

한 시간 정도 수다를 떤 뒤 위스키 바로 장소를 옮겨서 마시고 싶던 히비키를 주문했다. 부드럽고 향긋했지만 큰 특징은 없는 느낌이라 썩 내 취향은 아니라고 느꼈다. 다른 위스키까지 한 잔씩 더 주문했는데, 그사이 K와 계속 대화를 나눈 건 아니었다. 그런데 둘 사이에 정적이 흘러도 딱히 불편하거나 어색하다는 느낌이 들지 않았다. 조용히 매장에서 흘러나오는 음악을 들으며 위스키를 홀짝이는 순간이 꽤 편안하다는 걸 느꼈다. 이런 침묵이 편안한 관계는 그동안 몇 년 이상 친분을 쌓아 온 친구들에게서만 느꼈던 기분인데, K에게서 그런 감정을 느낄 줄은 몰랐다. K도 나와 비슷한 감정을 느끼고 있는지는 알 수 없었지만, 그는 늘 그렇듯 자신의 느긋한 페이스대로 천천히 위스키 잔을 굴리며 편안한 표정을 짓고 있었다. 그런 한결같은 모습에 나 또한 마음이 더 편안해졌다.

"이제 약속 장소 가셔야죠?"

"네, 슬슬 가야겠네요. 집에서 심심할 뻔했는데 고마워요."

"저야말로 고맙죠! 다음에 봐요."

가볍게 인사한 뒤 지하철역으로 들어서며 문득 깨달았다. 지난번 남대문 번개 때 느꼈던 묘하고 알 수 없는 기분의 정체를. 내게 새로운 인간관계 하나가 추가된 거다. 지나는 길에 갑자기 연락해서 만날 수 있는 새 친구가 생겼다. 그것도 남자 사람 친구가.

몇 개월 전 새로운 모임에 나가기로 결심했을 때, 내 목표는 하나였다. 새로운 친구를 사귀는 것. 그리고 가능하면 오래도록 이어질 인생의 친구이길 빌었다.

아직 K가 그런 친구가 될지는 알 수 없지만, 30대 후반에도 이런 친구가 생길 수 있구나 싶어서 신기하고 새삼 놀라웠다. 그리고 이 우연한 인연이 고마웠다.

내 삶에 새 챕터가 시작되고 있는 기분이었다.

난 아무도 찍지 않은 '이혼녀'라는
낙인을 스스로 찍고 괴로워했다.
그러다 가끔은 혼자 억울해했다.
내가 죄를 지은 게 아닌데. 난 오히려
피해자인데. 그 누구에게도 떳떳한데.
그럴 때는 이미 다 지난 일인데도
다시금 전남편이 미워졌다.

2부

다시 설레는 계절, 여름

LIKE SUMMER

우리가 왜 여기서 만나요

: 제주도 밤하늘 아래

후덥지근한 더위가 시작되니 회사 동료들이 하나둘 여름휴가 계획을 묻기 시작했다. 회사에서의 인사말은 참 한결같다. 금요일에는 "불금인데 어디 놀러 안 가요?", 월요일에는 "주말에 뭐 했어요?", 비 오는 날은 "이따 비 온다던데 우산 가져왔어요?" 그리고 7월부터는 "휴가 때 어디 가요?".

작년 여름에 뭘 했더라 생각해 보니, 아! 그때 난 이혼하러 법원에 두 번 다녀왔다. 여름휴가 계획 따위 세웠을 리 없는 시기였구나 싶어서 괜히 웃음이 났다.

'그러고 보니 1년 넘게 어디 여행을 안 갔구나….'

남편도 없고 고양이도 없고 시부모님도 없는 지금이야말로 자유롭게 아무것도 신경 쓰지 않고 여행 다닐 수 있는 시기인데, 왜 안 가고 있는 걸까 스스로도 이상했다. 이대로 계속 나중에, 나중에 하다 보면 영영 안 가게 될 것 같아서 정말 오랜만에 여행 앱을 켜 봤다. 여러 여행지를 살펴보다 문득 제주도가 생각났다. 운전면허가 없긴 하지만, 제주도를 뚜벅이 여행으로 다녀오는 사람들도 많다는 말을 들은 적이 있다. 그래서 처음으로 혼자, 뚜벅이로, 아무 계획 없이 가 보기로 결심했다.

즉흥적으로 결정한 여행답게 2주 뒤 항공권을 끊어 놓고, 좋아! 이번 여행은 아무 일정 짜지 말고 푹 쉬다가 와야지 하고 생각했다. 하지만 극J는 무계획도 계획을 세운다고 했던가. 나 역시 계획은 없다고 하면서도 어느 지역에서 몇 박을 할지, 어느 정도 사이즈의 캐리어를 가져갈지, 최소한의 계획은 세우며 여행을 기대하고 있었다.

여행을 3일 남겨 놓은 평일 저녁, 퇴근 후 집에서 짐을 싸던 중 핸드폰에서 알람이 울렸다. K였다. 제주도 판포포구 스노클링 영상을 보내 주었는데, 내가 이게 뭐냐며 답장을 보냈더니 톡이 한 번 더 왔다.

"통화 돼요?"

두근두근. 이게 뭐라고 두근거리는지 모르겠다. 그러고 보면 K와 늘 메신저로 대화했고 통화는 처음이었다. 아니, 더 생각해 보면 전남편과의 통화 이후 사적으로 남자 사람과 통화하는 게 처음이었다. 이상한 기분이 들었다. 괜히 긴장되었지만 왜 통화하자고 하는 건지 궁금해서 얼른 전화를 받았다.

"뭐 하고 계십니까?"

전화기 너머 K의 목소리는 아주 나른하고 지쳐 보였다. 목소리만으로도 소파에 누워서 힘없이 멍때리고 있는 모습이 그려졌다.

"제주도 여행 때 가져갈 짐들 캐리어에 대충 넣어 놓고 있었어요. K 님은요?"

"전 퇴근하고 집에 와서 아무것도 안 하고 소파에 누워 있었죠."

"크크, 목소리가 딱 그래 보이네요. 좀 전에 보내 준 영상은 뭐예요? 제주도에서 해 보라고 추천해 주는 거예요?"

"저도 이번에 제주도 가면 스노클링 해 보고 싶어서 영상 보고 있었거든요."

K와는 우연히도 같은 기간 동안 제주도에 간다는 걸 지난 모임 때 알게 되었다. 서로 신기해하긴 했지만 그 후 여행에 대해 더 묻진 않았다.

"J 님 혹시 괜찮으면 같이 스노클링 할래요? 저는 같이 여행하는 친구가 바다 들어가는 걸 안 좋아하거든요."

"저야 뭐 스노클링도 좋아하고, 별다른 계획도 없으니 괜찮은데, K 님이랑 일정이 안 맞지 않아요?"

"J 님 첫날 언제 어디에 묵는다고 했죠?"

"김녕해수욕장 근처에 A 게스트 하우스요. 토요일까지 거기서 묵어요."

"잠깐만요. 방 있나 볼게요. 아, 있네요. 내가 이거 예약하고 비행기표 바꿀 테니까 토요일 아침에 게스트 하우스에서 만나요."

"그래요. 비행기 도착 시간 정해지면 톡으로 알려 줘요."

불과 15분 정도의 짧은 통화. 그사이 내 여행에 K가 불쑥 끼어들었다. 이미 여행으로 충분히 설레던 마음이 그 하나만으로 더욱 기대되기 시작했다.

제주도 휴가 일정은 눈 깜짝할 사이에 찾아왔다. 금요일 퇴근 후 바로 공항에 갈 예정이었는데, 오랜만의 국내선 비행기라서 언제 공항에 도착해야 하는지 헷갈렸다. 팀에 양해를 구하고 20분 정도 일찍 퇴근한 뒤 공항에 좀 더 빨리 도착했다. 일찍 퇴근한 게 무색할 만큼 김포공항의 수속 과정은 빨랐고, 여유롭게 비행기를 기다릴 수 있었다.

제주도에 도착한 뒤 택시를 기다리는 동안 약간 습하지만 선선한 밤공기가 피부로 느껴졌다. 첫날은 바로 게스트 하우스에 가서 잠을 청하고 본격적인 제주 여행은 다음 날부터 시작될 예정이었으나, 지금 내가 제주도에 와 있다는 사실만으로도 뭐라 말하기 힘든 벅찬 감동이 밀려왔다. 수없이 해외여행을 다녔고 제주도에 큰 감흥이 없었는데, 왜 이 순간이 이렇게 행복한지 정확히 알 수 없었다.

토요일 아침, 평소처럼 알람 없이도 7시쯤 눈이 떠졌다. 커튼 밖으로 아침 햇살이 들어오고 있는 게 느껴져서 부스스한 모습으로 슬리퍼를 신고 밖으로 나갔다. 내가 묵는 게스트 하우스는 김녕 해안가와 가까운 조용한 마을 어귀에 있었다. 오래된 단층 주택을 게스트 하우스로 개조한 곳이었는데, 본관에서 숙박을 하고, 슬리퍼를 신고 마당으로 나와 별관으로 이동해 식사를 하는 구조였다. 계속 밖으로 왔다 갔다 해야 해서 좀 불편하긴 했지만, 그걸 상쇄할 만한 장점이 있었다. 마당에서 자유롭게 돌아다니는 고양이 가족을 만날 수 있었으니까. 제주도의 상쾌한 아침 공기 속에 아기 고양이들이 풀밭을 뛰어다니는 모습을 보며 벤치에 앉았다. 그리고 하늘을 바라본 순간, 완전하게 행복하다는 기분이 들었다. 어제 공항에서 느꼈던 감동이 뭔지 알 것 같았다. 이혼 후에도 내가 정말 잘 살고 있다고 느꼈기 때문이었다. 나 스스로 주체적으로 모든 걸 결정하며 씩씩하게 살아가고 있다는 생각에 내 머리를 쓰다듬어 주고 싶었다.

"저 지금 공항에서 출발해요. 40분 걸린대요."

K로부터 톡이 오자 벌써 시간이 그렇게 흘렀나 싶어서 급히 현실로 돌아왔다. 얼른 세수를 하고 옷을 갈아입은 뒤, 스노클링에 필요한 수영복과 수건을 챙겼다.

40분이 조금 지났을 무렵, K가 게스트 하우스 앞에 차를 세웠다. 바로 식당으로 이동해서 밥을 먹을 예정이었기에 K의 차에 올라타며 안녕하세요 하고 인사했는데 둘 다 동시에 웃음이 터졌다.

"크크, 아니 여기서 뭐 하시는 거예요. 서울에서 보던 사람들이 왜 여기서 만나요?"

"그러니까요. 이게 왜 이렇게 웃기지?"

K가 운전하는 렌터카를 타고 식당으로 가서 밥을 먹고, 함께 스노클링을 했다. 2시간 정도 바다에서 놀다 게스트 하우스로 돌아와서 각자의 방에서 낮잠을 잤다. 저녁 시간쯤 일어나서 미리 포장해 온 회를 위스키 안주 삼아 먹으며 K와 이런저런 수다를 떨었다. 발렌타인 12년산을 슈퍼에서 3만 원대에 사서 마셨는데, 이 가격에 이 정도면 훌륭하다며 둘이 반병을 비울 정도로 꽤 술을 마셨다. K와 가까워진 이유 중 하나가 위스키였는데, 덕분에 이렇게 제주도 여행 친구가 생기다니 술이 취미가 된 이후 덤으로 얻은 장점이라는 생각도 들었다.

술기운이 조금 오르자 바람도 쐴 겸 아이스크림을 사러 편의점에 다녀오기로 했다. 밤길이 어두울까 봐 랜턴을 챙겨 왔다면서 방에 들어갔다 나온 K의 손에는 일반 손전등이 아니라, 캠핑장에서 쓰는 예쁜 랜턴이 들려 있었다. 제주도에 그런 것까지 챙겨 왔느냐고 물으니 원래 준비성이 좋은 편이라 안 쓸 것 같아도 이것저것 챙기는 편이라고 했다.

랜턴을 켜고 걷는 김녕의 골목길은 혼자 걷기엔 무서운 느낌이었을 것 같았다. 서울과 달리 가로등도 거의 없고, 인적은 더더욱 없고, 새카만 밤하늘만이 마을을 감싸고 있었다. 하지만 옆에서 함께 걷는 K 덕분에 그 길이 무섭지 않았다. 오히려 이게 바로 여행의 낭만이지 생각하며 그 순간을 온전히 즐길 수 있었다.

"K 님 덕분에 이 시간에 돌아다녀 보네요. 혼자였으면 무서워서 밤늦게 숙소 밖으로 안 나왔을 텐데."

"저도 J 님 덕분에 스노클링도 하고, 게스트 하우스에서 고양이랑 놀고. 즐겁네요."

함께 산책하며 이런저런 이야기를 나눈 제주도의 밤. 서로가 서로의 친구가 되어서 다행이라고, 우린 참 운이 좋은 사람들이라고 얘기할 수 있는 관계가 되었다는 사실이 순수하게 기뻤다.

뜻밖의 동행, 뜻밖의 연애관

: 800분의 1의 확률

☀

우연이 반복되면 인연이라는 뻔한 말이 왜 지금까지도 유효한지 알 것 같았다.

K는 원래 계획대로 이틀째부터는 같이 여행하기로 한 친구를 만나러 가기로 했다. 나 역시 다음 2박은 다른 숙소에 묵을 계획이어서 제주공항 근처로 이동해야 한다고 했더니 K가 자기도 가는 방향이니 태워다 주겠다며 어느 호텔이냐고 내게 물었다.

"어디더라… 호텔 이름이 갑자기 생각이 안 나는데…. 아, G 호텔요."

"응? G 호텔?"

"네, K 님은 친구랑 어느 호텔 잡았는데요?"

"…G 호텔요."

"네?"

서로 눈을 동그랗게 뜨며 2초간 정적이 흘렀다가 누가 먼저랄 것도 없이 웃음을 터뜨렸다.

"이게 또 무슨 일이에요? 이 정도면 K 님 저 스토킹하시는 거 아니에요?"

"에이, 말은 똑바로 하셔야죠. 제가 먼저 제주도 여행 계획 세우고 먼저 호텔 예약도 했다고요."

"그렇긴 하지만요. 우리 이 정도면 운명 아니에요? 둘 다 비혼 주의자가 아니었다면 로맨스 소설 하나 금방 나올 것 같은 상황인데?"

"그러게요. 오히려 재밌네요. 우리가 둘 다 연애 생각 없는 사람들이라서 이런 일이 생겨도 뭐가 없잖아요."

그런가. 우리가 오히려 아무 흑심이 없어서 지금 이 상황이 그저 재미있는 에피소드가 되는구나 싶기도 했다. 나중에 여행에서 돌아온 뒤 여행 앱에서 제주도 숙소를 찾아보니, 호텔만 800개 이상이 검색되었다. 같은 체크인 날짜에 800분의 1의 가능성을 뚫고 같은 숙소를 예약할 확률. 심지어 둘이 서로가 제주도에 간다는 걸 모르는 백지상태에서. 이런 우연을 계산할 수 있을까.

행선지가 같다는 걸 알게 되니 마음 편히 게스트 하우스에서 체크아웃을 한 뒤 늦은 아침을 먹으러 출발할 수 있었다. 함덕에 들러서 유명한 딱새우김밥과 해장라면을 먹고, 해변을 산책한 뒤 다시 차를 타고 이동했다.

"K 님, 저 뭐 좀 물어봐도 돼요?"

"네, 물어봐요."

"좀 조심스럽긴 한데… 주변에 비슷한 경우가 없기도 하고 쉽게 물어볼 주제도 아니라서 혼자 고민하던 부분이거든요. 그런데 K 님은 왠지 상황이랄까 그런 게 비슷한 부분도 있고, 저보다 비혼 주의자로서의 인생을 더 오래 살아온 분이라 궁금해서 그런데요."

묻기 어려운 주제이다 보니, 나답지 않게 본론을 말하기 전에 뱅뱅 돌려서 구구절절 설명했다. K는 운전하면서 가만히 내 얘기를 듣고 있었다.

"편하게 물어봐도 돼요."

"응, 혹시 K 님은 연애를 안 하면 섹스는 어떻게 해요?"

"음?"

K의 눈이 커지면서 표정 변화가 거의 없는 그답지 않게 꽤 놀란 표정을 지어 보였다.

"제가 이혼한 지는 이제 1년이 되어 가고, 사실 그가 바람피웠다는 걸 안 이후에는 당연하다면 당연하지만 섹스는 안 했거든요. 얼추 2년 가까이 저는 연애도 안 했고, 남자도 만나지 않았고 그랬는데. 뭐랄까… 섹스가 너무 하고 싶어! 이런 건 당연히 아닌데, 지금부터 앞으로 평생 안 하고 살 거냐 하면 그건 좀 아닌 거 같다는 생각이 들더라고요."

"2년 넘게 그렇게 사신 것도 전 놀라운데요."

"그래요? 결혼한 부부 중에 섹스리스 부부 많은데. 아무튼, 그래서 그나마 젊은? 건강한? 말이 좀 이상하긴 한데, 지금 할 수 있는 일은 지금 하면서 살고 싶은 거죠. 그런데 또 연애나 결혼은 당장 생각이 없고. 그렇다고 원 나잇이나 그런 건 생전 해 본 적도 없고 어떻게 하는지도 모르겠고. 그런 궁금증이 생기는 중인데, K 님은 어떻게 해결? 해소? 말이 점점 이상해지는군요, 크크."

K도 함께 웃는다.

“무슨 말인지 알겠어요. 그런데 전 J 님과는 마인드랄까, 남녀 관계에 대한 가치관이 좀 달라서 참고가 될지는 모르겠어요. 전 여자에게 연애 감정을 느끼지 않을 뿐, 사실 여자는 좋아해요.”

“아, 알죠. 그 얘긴 워낙 자주 하셔서. 특히 예쁘고 얼굴 동그랗고 키 큰 여자 좋아한다고 하셨잖아요.”

“맞아요. 제가 정말 자주 얘기하긴 했군요. 그렇게 외운 듯이 줄줄 나올 정도라니.”

모임 때 각자의 이상형에 대한 얘기가 나올 때마다 K가 일관되게 했던 말이라 기억이 안 날 수가 없었다.

“아무튼 여자랑 만나는 건 좋아해서 전 그런 제 가치관을 이해해 주는 여자와 친구로 지내면서 섹스도 해요.”

“응? 섹스 파트너 같은 거예요?”

“아뇨, 제 기준에선 그거랑은 달라요. 해외에선 FWB(Friend With Benefits)로 표현하던데, 섹스를 하고 싶어서 만나는 관계라기보단 친구로서 좋은 사람인 게 우선이에요. 친구로서 잘 맞고 같이 있을 때 대화 나누는 게 좋고 그런 친구랑 서로 상황이나 마음이 맞으면 섹스도 하는 거죠."

"전 잘 이해가 안 되는데, 그 정도 감정이면 사귀는 거 아니에요?"

"음, 이 얘기도 제가 몇 번 하긴 했는데 연애하고 싶은 마음의 첫 단계는 독점욕이라고 생각하거든요? 상대를 독차지하고 싶은 마음이 들어야 연애를 하는 건데, 저의 경우는 저랑 섹스를 하는 그 친구한테 남자 친구가 생겨서 그만 만나게 되어도 상관없고, 저랑 오늘 섹스를 하고 내일 다른 남자랑 섹스를 해도 상관없거든요. 어떤 여자를 만나든 그랬어요."

"아아, 만약 정말 그런 마음이라면 안 사귀는 게 맞을 것 같긴 하네요. FWB라니, 전 처음 알았어요, 그런 관계."

"그래요? 그게 오히려 더 신기하네요. J 님이랑 저랑 확실히 다른 세상을 살아온 사람 같아요."

K의 연애관은 몇 번 들어서 웬만큼 안다고 생각했는데, 이렇게 섹스와 관련된 이야기까지 대화를 확장시키니 내가 생각했던 것보다 더 이해하기 힘든 연애관이라는 생각이 들었다. 하지만 그동안 인생 경험을 많이 쌓아서인지 그의 이야기가 아주 이상하게 들리진 않았다. 내가 그렇게 살지 않는다고 해서 그 삶을 이해 못 하는 건 아니니까.

K의 연애관, 아니 그보단 남녀 관계에 대한 가치관을 나누다 보니 어느새 G 호텔에 도착했다.

"덕분에 편하게 왔어요. 고마워요."

"저야말로 J 님 덕분에 재밌게 왔네요. 남은 이틀간 여행 즐겁게 하다가 가요."

"응, K 님도요! 즐거운 휴가 보내고 가세요."

각자 체크인을 하고 인사한 뒤, 두 번째 숙소로 들어갔다. 아침까지 머물던 게스트 하우스와 비교도 되지 않는 넓은 호텔방. 창가로 가니 바다가 한눈에 들어오는 좋은 방이었다.

캐리어를 한쪽에 놓아둔 뒤 창가 의자에 앉아서 바다를 보며 물을 한 모금 마셨다. 그리고 생각했다. K와 함께 오는 길에 나눈 대화가 참 낯설고도 신기했다고. 어릴 때의 나였다면 뭐 저런 사람이 다 있나, 친해지긴 어렵겠다고 생각했을 것이다. 하지만 오늘의 나는 그럴 수도 있겠구나, 세상엔 다양한 가치관이 있구나, 이해가 되었다.

이렇게 생각할 수 있을 만큼 생각의 폭이 넓어진 나 자신이 신기하고 기특했다. 보수적인 모범생의 삶만 살아와서 다양한 사람들을 만나 본 적도 별로 없는데, 혼자 제주도에 와서 사귀지도 않는 남자와 함께 여행을 하고, FWB에 대해 나름 진지한 대화까지 나누다니. 이런 낯선 내가 기분 좋게 느껴졌다.

삐빅, 시그널을 감지했습니다

: 혼자가 된 후 처음 받는

♬

3040 모임에서 새로운 친구들을 사귄 이후 자신감이 조금 생겼다. 돌싱이더라도 충분히 새 관계를 만들 수 있구나, 편견 없이 대해 주는 좋은 사람들이 많구나 하고 말이다. 그러다 문득 이런 생각이 들었다. '다른 모임에도 나가 보면 어떨까? 이들처럼 좋은 사람들이 다른 모임에도 있지 않을까?' 사람들과의 관계가 내 삶에도 큰 동기 부여가 되고 있었으니까.

한동안 들어가지 않던 모임 앱을 오랜만에 켰다. 다양한 모임 중 회사와 멀지 않고 퇴근 후 참여할 수 있는 날짜에 모임이 하나 있었다. 맥주를 마시며 사랑에 대한 이야기를 나누는 주제였는데, 이미 10회 이상 진행된 적 있는 검증된 모임이었고, 후기도 하나같이 좋아서 이번엔 여기에 참가해 보기로 했다. 사랑에 대한 이야기라니, 어찌 보면 굉장히 뜬구름 잡는 이야기 같았다. 각자의 연애 경험이나 사랑에 대한 에피소드를 푸는 건지, 그걸 가지고 어떻게 이야기를 이어 가게 하는지 호스트의 진행 방식이 궁금했다.

모임 날은 비가 많이 오는 7월이었다. 야근 때문에 약속 시간보다 20분 늦게 도착하게 되었다. 정말 죄송하다고, 얼른 가겠다고 미리 문자를 보냈는데, 걱정 말고 비 오니까 천천히 안전하게 오라는 호스트의 친절한 답장에 마음이 조금 놓였다. 뒤늦게 도착한 모임 장소는 지하철역 입구에서 조금 들어간 골목으로, 생각보다 사람이 많이 다니지 않는 길이었다. 2층에 있는 장소로 올라가니, 나를 제외한 게스트들이 모두 대화를 나누고 있었다.

"어서 오세요. 지금 막 피자가 왔어요. 식사 안 하셨죠?"

호스트가 친절히 맞이하며 말을 건네 왔다. 사랑에 대한 이야기를 나누는 모임이라길래 당연히 호스트가 여자일 거라고 생각했는데, 내 또래로 보이는 남자분이었다.

"마지막 J 님까지 도착했으니, 다시 짧게 제 소개를 할게요. 저는 오늘 모임의 호스트인 D라고 합니다."

게스트는 나까지 6명이었는데 모두 여자였다. 이렇게 여자들만 게스트로 오면 남자 호스트 입장에선 꽤 불편하지 않을까 싶어서 모임 중간쯤에 물어봤는데, 주제가 사랑이라 그런지 자기 모임엔 늘 여자들이 많이 참여한다고 했다.

모임 장소는 낮 시간엔 D가 사무실로 쓰는 공간으로, 저녁에만 가끔 이렇게 모임을 여는 거였다. 스타트업을 창업해서 사업을 키워 가고 있는 중인데, 아직 사업이 크지 않아서 소소한 용돈벌이도 할 겸 모임을 연다는 말에 역시 사업을 하면 고충이 많겠구나 싶었다.

예상대로 모임은 잔잔한 대화들로 흘러갔다. 첫 만남이기도 하고 여자분들만 모여서 그럴 수도 있지만, 3040 모임 때처럼 사람들과 티키타카로 재미를 더하며 대화를 이어 가는 느낌은 아니었다.

'아, 역시 내가 운이 좋았던 거구나. 케미가 맞는 좋은 사람들을 쉽게 만날 수는 없는 거구나.'

아쉽긴 했지만 돈 낭비, 시간 낭비라고 생각될 정도는 아니었다. 그렇게 평범하고 소소한 대화를 나누다가 밤 10시쯤 모임이 끝나고 나왔더니 비가 더욱 세차게 쏟아지고 있었다. D는 게스트들에게 혹시 우산을 안 가져왔으면 빌려주겠다며 친절히 배웅했다. 몇 명은 우산을 빌린 뒤 꼭 돌려주겠다고 했고, 난 우산이 있었기에 먼저 인사하고 헤어졌다.

그리고 며칠이 흘렀을까, 주말 오후였던 것 같다. 집에서 쉬고 있는데 문자가 왔다.

"안녕하세요, 그날 비가 많이 왔는데 잘 들어가셨어요?"

앞의 문자를 지우지 않은 상태여서 알 수 있었다. D로부터 온 문자였다. 모임이 끝난 지 이미 며칠이나 지났는데 갑자기 잘 들어갔냐는 문자라니, 조금 뜬금없었다.

"네, 잘 들어갔죠. 그날 재밌었습니다." 하고 형식적인 답장을 보냈다.

"위스키 같은 도수 높은 술도 좋아하신다고 한 게 생각나서요. 혹시 고량주는 어떠세요?"

음? 갑자기 술? 대화의 흐름이 수상하다.

"고량주는 제대로 마셔 본 적이 없네요. 독한 술 중엔 아직 위스키만 마셔 본 거였어요."

"그럼 이번 주에 시간 되면 같이 고량주랑 중국요리 드실래요? 간만에 고량주가 땡겨서요."

내가 아무리 연애 세포가 거의 다 죽었다고 해도 이게 무슨 상황인지는 느낌이 온다.

잠시 고민했다. 만났을 때의 인상을 떠올려 보면 내가 썩 좋아하는 타입은 아니었다. 외모도, 대화할 때 느낀 성격도 그냥 평범했다. 하지만 이렇게 철벽을 치다간 시작도 못 하고 계속 제자리일 게 뻔했다.

이제 모든 기회가 소중한 나이다. 심지어 난 한 번 다녀온 사람인데, 이렇게 남자가 작업을 거는 상황이 앞으로 몇 번이나 있을지 알 수 없다. 그리고 취향이야 언제든 바뀔 수 있는 건데 만나 보면 의외로 괜찮을 수도 있지 않을까? 일단 대화를 나눠 보는 것 자체를 미리 막을 필요는 없지 않을까?

이게 뭐라고 한참 고민을 하다가 답장을 보냈다.

"오, 중국요리 좋죠."

저에게 이성적 호감이 있나요?

: 연애 고자라 죄송합니다

♥

D로부터 고량주 문자를 받고 생각해 봤다. 모임에서 느꼈던 대로라면 크게 인상적인 분은 아니었다. 대화 중에 나왔던 신상 정보는 나보다 한 살 연상, 남동생이 있다는 거, 문과 출신인데 IT 스타트업 창업을 위해 이과 계통으로 대학원에 진학해서 공부하고 있다는 거, 집이 왕십리 쪽이라는 거였다. 3시간 남짓한 시간 동안 그래도 꽤 많은 정보를 들었구나 싶어서 신기했다. 어쨌든 나쁜 인상은 아니었고 대화 중 느껴지는 성품도 나쁜 사람 같지는 않았지만, 그 외에 크게 감흥이 없었기에 답장을 보내기 전까지 고민이 되었다.

그러다 문득 주변 친구들의 조언이 머리를 스쳤다.

"일단 만나 봐. 다른 더 좋아하는 사람이 있는 것도 아니라면, 일단 다가오는 남자가 있으면 만나서 맛있는 것도 먹고, 영화도 보고 그러면서 시간 보내 봐야 아는 거지. 제발 미리 철벽 좀 치지 마!"

아, 그래. 내가 결혼을 다시 안 한다고 했지, 사랑을 하지 않겠다고 한 건 아니니까. 사람 앞날이 어떻게 될지 모르고, 내 감정이 어떻게 움직일지도 모르는 건데 너무 미리 단정 짓지 말자고 다시 한번 마음을 굳게 먹었다.

D와 약속을 잡고 만나기로 했다는 얘기를 회사 동료들에게 했더니 반응이 뜨거웠다. 나도 잘 모르는 D의 신상을 캐물으며 어떤 옷을 입을지까지 조언하기 시작했다.

"차장님은 여성스런 옷이 어울려요. 라인이 드러나는 원피스, 저번에 입고 왔던 그 아이보리 원피스! 그걸 입어요."

모두 자기 일처럼 나서서 코치해 주었고, 몇몇은 본인 일보다 더 흥분한 듯 두 눈을 반짝거렸다. 역시 자기 연애보다는 남의 연애가 재밌는 걸까. 나보다 어린 후배들의 조언을 순순히 따르며 약속 날이 다가왔다.

D와 만나기로 한 곳은 그가 종종 간다는 식당이었다. 퇴근 후 도착했더니 그가 이미 자리에 앉아 있었다. 지난번에 봤던 인상과 조금 달라서 처음엔 바로 알아보지 못했다. 뭐가 달라진 거지 싶었는데, 아! 안경을 썼다. 그리고 모임을 열었던 그의 사무실은 어두운 편이었는데 이 식당의 조명이 밝은 편이라 그때보다 좀 더 어리고, 선해 보이는 인상이었다.

안경 쓴 모습에 호감이 가는 걸 보니 역시 난 안경 덕후가 확실하구나 싶어 속으로 좀 웃었다. 전남편도 안경을 쓴 사람이었고, 전에 만났던 사람도 대부분 안경을 썼다. 별로 좋아하지 않던, 아니 비호감이던 연예인조차 안경을 쓰고 방송에 나오면 갑자기 없던 호감이 생기기도 했다. 누군가가 "좋아하는 타입 있어요?" 하고 이상형을 물으면 "아뇨, 전 남자 외모는 진짜 안 봐요." 말했는데, 이제 스스로를 속이지 말고 이렇게 말해야겠다. "전 안경 쓴 지적인 이미지의 남자가 좋더라고요."

"오랜만이네요. 새삼스럽지만 안녕하세요."

왠지 기분이 소개팅 같았다. 얼굴을 이미 아는 소개팅.

"음식부터 시킬까요? 드시고 싶은 거 있어요?"

"전 매운 거 빼고는 다 잘 먹어요. D 님은 여기 와 보셨으니까 추천해 주시겠어요?"

"음, 여긴 어향동고 괜찮고 유린기도 괜찮아요. 멘보샤도 맛있고요. 셋 다 주문하면 둘이 먹긴 많을 테니까 일단 어향동고랑 유린기 작은 사이즈부터 시키고, 부족하면 더 주문할까요?"

"네, 좋아요. 술은 말씀하신 연태 고량주로 할까요?"

"네, 그렇게 주문하죠."

D와의 식사는 그놈의 안경 덕분인지 예상보다 즐겁고 흥미진진했다. 다른 모임에서 만난 사람들과의 에피소드, 학교에서 배우고 있는 내용, 스타트업을 운영하며 느끼는 점 등등 생각보다 대화는 자연스럽게 이어졌고, 단둘이 대화를 나누는데도 크게 어색하지 않게 시간이 흘렀다.

"제가 이 맥주 모임을 10번 정도 열었는데, 이렇게 따로 연락해서 둘이 만나는 건 처음이네요. 신기해요."

왠지 뻔한 작업 멘트같이 느껴졌지만 모르는 척 "어머, 그래요?" 하고 대답했다. 여자를 꼬실 때 쓰는 흔한 대사니까. 여기서 내 속마음대로 '에이, 그런 말은 만나는 여자분마다 하셨을 것 같은데요?' 하고 말하지 않는 게 예의겠지 싶어서 가만히 있었다.

“그럼 어쩌다 저한테 연락하실 마음이 든 거예요?”

“그날 왠지 얘기를 더 나눠 보고 싶다는 생각이 들었어요. 사실대로 말하자면 예쁘셔서 눈이 가기도 했고요.”

오, 이게 얼마 만에 대놓고 듣는 외모 칭찬인가 싶어 괜히 가슴이 뛰었다. 그렇지만 이 뛰는 감정이 D에게 호감이 있어서는 아니라는 걸 알고 있었다. 그냥 인간으로서, 아니 여자로서 이성으로부터 매력적이라는 말을 들었을 때 누구든 느낄 수 있는 평범한 반응일 뿐이었다. 어쨌든 기분이 나쁘지 않았다. 아니, 오히려 조금은 다행스러웠다. 아직 내가 죽지 않았구나! 하는 안도감마저 들었다.

그런데 이렇게까지 대놓고 나에게 호감 표시를 하는 D를 보니 오히려 이상한 건 나였다. 분명 괜찮은 사람 같았다. 대화를 더 나눠 보니 바른 가정에서 평범하게 잘 자란 사람의 태도와 가치관이 느껴졌고, 자기 미래를 위해 노력하는 성실함과 열정이 있고, 상대방을 배려하는 자세도 있었다. 그런데 움직이지 않는 이 마음은 뭘까.

그냥 좋은 사람이라고 해서 마음이 설레지는 않았다. 9년 전 내가 싱글이었을 때는 어땠는지 떠올려 봤는데, 그때도 비슷했던 것 같다. 너무 오랜만이라 내 취향을 스스로도 잘 기억하지 못했는데, 난 그냥 좋은 사람 착한 사람이라는 걸로는 마음이 움직이지 않았다.

D와 식사를 한 뒤, 그는 매일 내게 톡을 보내며 이런저런 이야기를 건넸다. 퇴근은 했는지, 저녁은 뭘 먹었는지, 비가 오는데 우산 챙겼는지. 그런 그의 말들은 흡사 소개팅 이후 애프터 신청 전에 들어오는 대화와 유사했다. 그 대화가 재밌었냐 하면 그렇지 않았다. 그리고 좀 답답했다. 알맹이 없이 주변만 빙빙 도는 대화는 날 집중하게 만들지 못했다. 결국 참지 못하고 그에게 물었다.

"D 님, 혹시 저에게 이성적 호감이 있는 거예요?"

아, 이제 와서 다시 생각해 봐도 이게 무슨 노 빠꾸 돌직구 같은 질문인가. 훗날 썸남에게 이런 멘트를 했다는 내 말에 친구들이 모두 탄식을 뱉었던 기억이 난다. 이런 연애 고자가 없다고. 그게 썸남에게 할 질문이냐고.

하지만 ESTJ에게 변화구는 먹히지 않는다. 답답하면 화병으로 쓰러지는 나에게 D의 전략은 옳지 않았다.

"음… 이렇게 직접적으로 물어보실 줄은 몰랐는데. 네, J 님에게 관심 있는 거 맞죠. 예쁘시고 성격도 좋으시고 계속 만나보고 싶어요."

그래, 알고 있었다. 당신이 그런 마음인 거.

그런데 막상 그의 대답을 듣고 나니 내 마음이 굉장히 선명해졌다. 난 그를 좋아하지 않았다. 아니, 그냥 아는 지인으로서는 좋은 사람이라고 생각했다. 그렇지만 그와의 대화나 만남에서 난 이성적 매력을 전혀 느끼지 못했던 거다. 심지어 안경을 썼는데도!

그에게 어떻게 답장을 보낼까 고민하다가 결국 마지막 메시지를 보냈다.

"죄송해요. D 님 참 좋은 분인데, 제가 그 이상의 마음은 안 생길 것 같아요."

돌싱이 된 이후 공식적인 첫 썸. 몇 주 동안 D와 주고받은 시간은 깊은 잠에 빠진 나의 연애 세포를 깨우기에 충분했다. 이 설레는 마음을 잊고 지낸 지 1년이 훌쩍 지났다. 내 인생에 다시 사랑은 없다고 다짐하기도 했다. 하지만 사랑을 안 하겠다니, 얼마나 하찮은 다짐인가. 친구에게도 동물에게도 가족에게도 사랑이 넘치는 내가 말이다.

앞으로의 인생에 사랑이 없을 리가 없었다. 그리고 하게 된다면 머지않은 시간 내에 하고 싶다는 생각도 들었다. 사랑은 날 지옥 속으로 몰아넣기도 했지만, 그 이상으로 내 삶을 빛나게 해 줬으니까.

한강, 노을 그리고 우리들

: 조명, 온도, 습도 그 무언가

가끔은 그날의 온도와 습도가 마음을 움직이기도 하나 보다.

본격적으로 더워진 7월이었다. K와 Y는 지난번 나와 함께 셋이 만난 이후 부쩍 더 친해진 것 같았다. 둘 다 내향적이고 나이도 10살이나 차이 나는데 신기한 조합이라고 생각했다. 우리는 단톡방에서 저 형아를 조심하라며, 형아가 집으로 부르면 당근을 흔들며 도망치라고 장난을 쳤다. 그만큼 보기 좋은 형과 동생이었다.

단톡방에서 "다음에 둘이 분위기 좋은 데서 한잔할까?"라며 K가 음흉한 이모티콘과 함께 Y를 향해 메시지를 보내면, 나머지 사람들이 야유를 보내며 "도망쳐요 Y 님! 저 형의 마수에 걸려들면 안 돼요!" 하고 말리곤 했다.

그러던 어느 날, 그 둘이 돌아오는 금요일에 만나기로 했다는 걸 알게 되었다. 두 사람만의 모임이라니, 그 조합이 웃기기도 하고 궁금하기도 해서 다들 가 보고 싶어 했다. 하지만 둘만의 오붓한 시간을 방해하면 안 된다며, 우리는 즐거운 시간 보내라고 장난 섞인 응원을 보냈다.

금요일은 회식이 있는 날이었다. 금요일 회식이라 썩 즐거운 기분은 아니었는데, 오후에 회사 메신저로 회식이 연기되었다고 연락이 왔다. 퇴근 2시간 전에 갑자기 취소라니. 이 아름다운 금요일 저녁에 뭐라도 해야겠다 싶었고, 곧바로 K와 Y의 만남이 생각났다.

"오늘 저도 껴도 돼요?"

단톡방에서 K에게 메시지를 보내자, 몇 초 만에 답장이 왔다.

"응, 그래요. 망원한강공원에 있는 고기 구워 먹는 선상 레스토랑인데 거기로 와요."

“아니, 대체 왜 남자 둘이서 한강 선상 레스토랑이냐고요?”

“내가 Y한테 좋은 거 사 주려고 한 거죠. 나중에 Y가 여자 친구 사귀면 이런 데서 데이트하라고 미리 알려 주는 거라고요.”

사실인지 아닌지 알 수 없지만, 어쨌든 재미있다고 생각하며 그들의 약속 장소로 향했다. 지하철을 타고 가던 중 H로부터 톡이 왔다. 자기도 미팅 일정이 생각보다 일찍 끝났는데 껴도 되냐고 물었고, 우리는 모두 대환영이라고 답장했다. 결국 넷이 만나는 평범한 번개가 된 셈이다.

해가 지고 어스름 저녁이 되어 가자 조금은 선선한 바람이 불기 시작했다. 더 기온이 오르기 전인 지금 같은 때가 한강에서 고기를 먹기에 딱 좋은 날씨겠구나 싶었다.

식당에 도착하니 먼저 도착한 셋이 막 고기를 굽고 있는 중이었다. 도착하자마자 형아가 꼬시진 않았냐며 농담을 했더니, Y가 해맑게 웃으며 K 형이 너무 다정하게 대해 줘서 반할 뻔했다고 말해서 우리 모두 웃음이 터졌다.

“그러고 보니 지난번에 제주도는 어땠어요? 둘이 비슷한 때 가지 않았어요?”

H가 고기를 먹다 문득 생각난 듯 말했다. 순간 K와 눈이 마주쳤다.

"아, 맞아요. 여행 일자가 겹쳤죠. 우연히 마주치려나 싶었는데 못 만났어요 결국."

내가 능청스럽게 대답했다. 딱히 제주도에서 만난 걸 비밀로 하자고 입을 맞춘 건 아니었지만, 굳이 여행에서 같은 숙소에서 지낸 걸 모임에 알릴 필요는 없다고 생각했다. 썸을 타는 것도 사귀는 것도 아니기에 더더욱 불필요한 오해나 가십을 만들고 싶지 않았던 거다.

"고기 다 먹기 전에 라면 끓여 올까요? J 님이 매운 거 못 먹으니까 먹을 수 있는 라면 고르게 같이 가요."

K가 자리에서 일어나며 내게 말했다. 흔쾌히 따라가서 라면을 골랐다.

"잘했어요. 굳이 제주도 얘기는 할 필요 없을 것 같았어요."

K가 나를 쳐다보지 않고 라면 끓이는 기계의 전원을 켜면서 말했다. 역시 그도 나와 같은 생각이었다.

"응, 그렇죠. 굳이?라는 생각이 들더라고요. 별일은 없었지만 비밀로 해요."

"별일이라면 별일이 있긴 했는데, J 님이 2년 넘게 섹스도 안 하고 수도승처럼 살았다는 걸 알게 되었다든가….”

그가 능글맞게 웃자 내가 어이가 없다는 표정으로 대꾸했다.

“K 님이 섹스 파트너를 만나며 사신다는 것도 알게 되고 말이죠? 크크.”

“어허, 섹스 파트너가 아니라 친구라니까요. 섹스만을 목적으로 만나는 게 아니라, 친구로서 좋은 사람인 게 먼저라고요.”

“네네, 그런 걸로 해요.”

라면을 끓이며 그와 비밀스러운 대화를 나누다 보니 확실히 이런 얘기가 서로 불편하지 않은 친구가 되었구나 싶었다.

라면으로 후식까지 다 먹을 무렵, 노을이 깔린 선상 레스토랑의 알전구에 불이 들어오기 시작했다. 반짝반짝 빛나는 전구들과 양화대교에 들어온 불빛이 한강 물결에 비쳐 보였다. 그 조명과 물결이 꽤 오랫동안 잔상으로 남아 마음을 설레게 했다.

“우리 넷이 세 달 전까지만 해도 전혀 모르던 사람들이었는데, 같이 이러고 있다는 게 참 신기해요.”

“그러게요. 살면서 절대 만날 일 없을 것 같은 조합인데 말이에요. 나이도, 직업도, 사는 지역도, 취미도 다른."

"전 형이랑 누나들 알게 돼서 정말 좋아요. 내향인이라 저녁이나 주말엔 정말 침대에 누워만 있거든요. 절 밖으로 꺼내 주는 귀한 분들이세요."

Y의 말에 우리 셋은 크게 웃었다. 지금 뭐 하냐고 물으면 주로 천장 사진을 찍어서 보내는 사람이 너냐고 했더니, 정확히 맞다고 Y가 고개를 끄덕였다.

정말 그렇다. 어쩌다 이런 인연들이 생긴 걸까. 퇴근길에 연락해서 술 한잔 마시고, 때로는 서로 진지한 얘기를 때로는 가벼운 얘기를 스스럼없이 할 수 있게 된 사람들. 이 행운이 믿기지 않는 기분도 들었다.

그날 만난 사람들과의 시간이 좋았던 걸까 아니면 그 장소에서 느낀 조명, 온도, 습도에 가슴이 두근거린 걸까. 넷이 함께 보낸 시간은 더할 나위 없이 편안했고, 이 아름다운 시간을 아마 영원히 기억하게 될 것 같았다.

콩국수 배달 왔습니다

: 우정 한 스푼 외에 또 뭐가 들었나요

♡

우정은 사랑이 아닐까.

내가 지금 느끼는 이 마음이 우정인지 사랑인지 헷갈리기 시작했다.

코로나가 창궐한 지 2년이 되도록 코로나에 걸리지 않았다. 코로나를 잘 피해 온 사람들이 으레 그렇듯 '뭐야, 나 슈퍼 면역자인가? 내가 바로 인류의 미래?' 하는 망상에 빠져 있었다. 그도 그럴 것이 매일 회사를 나가고, 회사에서 마스크 안 한 사람들 틈에서 미팅을 하고, 모임에 나가선 마스크 없이 5시간씩 수다를 떨며 놀았으니까.

하지만 역시 망상은 끝나는 법이다. 뭔가 몸이 이상하다는 느낌이 든 어느 화요일 저녁, 설마설마하던 코로나 증상이 느껴졌다. 그동안 주변의 확진자들로부터 들었던 증상들이 그대로 느껴졌다. 바로 집에 있던 자가 진단 키트를 사용해 검사해 봤지만 결과는 음성이었다.

그래도 내 몸은 내가 제일 잘 안다고, 이건 코로나가 분명했다. 내일 아침에 다시 한번 검사해 보기로 하고 일단 아픈 몸을 침대에 누였다. 설령 코로나가 아니더라도 출근을 하긴 어려울 것 같은 상태였다. 3년 전 B형 독감에 걸렸을 때, 열 감기가 이렇게나 아픈 거구나 처음 느꼈다. 왠지 이번에도 그만큼 아플 것 같다는 느낌이 들어 조금 무서웠다.

다음 날 아침, 어제 검사하고 테이블 위에 놓아두었던 키트를 다시 보니, 전날은 안 보였던 빨간 줄 하나가 흐릿하게 보였다. 아, 역시…. 굳이 두 번째 검사를 안 해 봐도 될 것 같아서 바로 회사에 연락한 뒤 검사를 받으러 집 근처 병원으로 향했다. 결과는 역시나 양성이었고, 코로나 슈퍼 면역자의 꿈은 허망하게 날아가 버렸다.

그동안 상상만 하던 일주일의 격리 생활이 시작되었다. 다행히 집에 넉넉한 식재료와 비상 식품이 있었다. 그 와중에 먹을 걱정부터 하다니, 생각보다 덜 아팠던 게 분명하다.

회사에는 연락했지만, 부모님께는 알리지 않았다. 혼자 사는데 코로나에 걸려서 아프다는 걸 알게 되면 분명 마음 아파하실 테니까. 부모님을 제외하곤 더 이상 알릴 사람이 없구나, 이 집에는 나 혼자구나 생각하니 텅 빈 집이 더욱 쓸쓸하게 느껴졌다. 비어 있는 집 어디에도 나 외에 다른 사람의 온기가 없다는 사실이 선명히 다가왔다. 그러고 보니 혼자 살기 시작한 이후 몸이 아픈 건 처음이었다. 원래 건강한 체질이라 아프다는 사실 자체가 낯설었다. 잘 안 아프던 애가 굳이 혼자 살 때 이렇게 크게 아프다니. 괜히 서러워서 눈물이 날 것 같았지만 꾹 참았다.

첫날 밤은 특히 아팠다. 온몸을 누군가가 큰 바늘로 끝없이 찌르는 것 같은 통증에 밤새 잠을 이룰 수 없었다. 어떤 이는 멈추지 않고 나오는 기침 때문에, 어떤 이는 목이 타들어 갈 것처럼 아파서 참지 못한다고 하던데, 나의 경우는 몸살이었다. 다음 날은 약기운이 도는지 몸살기에 차도가 있었다. 그럼에도 열이 나고 기침이 나는 증상이 이어져서 온종일 아무것도 하지 못한 채 약기운에 자다 깨다를 반복했다. 회사 이메일과 메신저에서 알람이 울려 댔지만 그걸 확인할 정신도 없었다. 아플 때라도 보지 말아야지 하며 일부러 안 본 것도 있었다.

그때 핸드폰 알람이 울렸다. K였다.

"이번 주 토요일에 몇 시쯤 와요?"

토요일엔 K가 주최하는 캠핑 번개가 있었다. 그날 내가 진행 요원으로 도와주기로 했는데, K에게 못 가게 되었다는 말을 아직 하지 않았음을 깨달았다.

"K 님, 저 코로나 걸려서 못 가요. 죄송해요."

"헉! 진짜요? 언제부터요?"

"어제부터요. 너무 아프네요, 허허."

톡을 보내자마자 K로부터 전화가 왔다.

"여보세요, 회사 아니세요? 전화하셔도 돼요?"

"네, 괜찮아요. 많이 아픈가 보네요? 목소리가 안 좋다. J 님이야말로 전화 가능해요? 목 아프면 끊을게요."

"네, 이 정도는 괜찮아요. 다행히 목은 괜찮은데 몸살이랑 열이 나더라고요."

"아이고, 진짜 아플 텐데 누워서 푹 쉬어요. 약은 받아 왔어요?"

"네, 약 먹고 계속 누워서 자다 깨다 하고 있어요. 근데 약발이 안 듣는지 계속 아프네요."

이상하게도 솔직하게 말이 나왔다. 누구에게든 아프다고 솔직히 말하고 싶었는지 모르겠다. 부모님께도 회사 사람들에게도 이렇게 말할 수는 없었으니까. 그래서인지 그의 목소리를 듣자 이상하게 반가웠다. 조금은 울고 싶은 기분도 들었다.

"밥은 먹은 거예요?"

"네, 약 먹어야 해서 집에 있는 거 적당히 먹었어요."

"응, 배달도 시켜 먹고 든든하게 먹으면서 쉬어요. 또 연락할게요."

또 연락한다는 그의 말이 왜 이렇게 위안이 되는 걸까. 전과 비교해서 증상이 심해지면 심해졌을 텐데도, 왠지 덜 아픈 기분이 들어서 한결 가벼운 마음으로 잠이 들었다.

약발이 들었는지 다음 날 조금은 몸이 나아졌다. K로부터 하루에 두세 번은 톡이 왔다. 이렇게 남을 잘 챙겨 주는 사람이었나 싶을 지경이었다.

금요일 점심으로 로제떡볶이를 배달시켜 먹었다. 혼자 산 뒤 오히려 배달 음식을 잘 먹지 않았는데 간만에 먹은 속세의 맛은 달고 느끼했다. 약간 기운이 생겨서 밀린 빨래를 돌리고 화분에 물을 주면서 시간을 보내고 있었는데 K로부터 연락이 왔다.

"먹고 싶은 거 있어요? 이따 저녁에 사다 줄게요."

응? 사다 준다고?

"사 온다고요? 여의도에서 우리 집까지?"

"매주 금요일 저녁에 수업받는 게 J 님네 집에서 멀지 않은 곳이에요. 그 수업 끝나고 병문안 겸 문 앞에 두고 갈게요."

"무슨 소리예요. 수업받는 곳에서 그래도 30분은 걸릴 텐데. 괜찮아요."

"배달되지 않는 맛집 음식이 생각나기도 할 거 아니에요. 뭐든 말해요. 말 안 하면 내 맘대로 사 갈 거니까 말하는 게 좋을 거예요."

몇 번을 거절해도 K는 한결같았다. 이렇게 고집이 센 사람인가 싶어서 당황스럽기도 했다. 말 안 해도 뜻을 굽히지 않을 것 같아서 먹고 싶은 걸 생각해 봤는데, K의 회사와 가까운 음식점에서 파는 콩국수가 생각났다. 내가 마포에 살 때는 1년에 두세 번은 찾아간 정말 좋아하는 콩국숫집이다.

"그럼 진주집 콩국수?"

"응, 사 갈게요. 쉬고 있어요. 수업 마치고 가면 9시쯤 될 거예요."

이건 대체 무슨 상황일까. 회사 동료들이 맛있는 거 사다 주겠다고 하는 말은 그럴 수 있다 싶었다. 그들은 우리 집 가까이에 사니까. 그런데 K는 그렇지 않았다. 온다고 해서 날 만날 수 있는 것도 아니고, 와서 음식만 문 앞에 두고 가야 하는 상황이었다.

비가 온종일 오는 날이었는데, 그가 듣는 수업이 끝날 무렵부터 하필이면 폭우가 쏟아졌다. 그가 오는 길이 험할까 봐 걱정했는데, 오히려 K는 "비 오는데 혹시 빈대떡도 먹고 싶지 않아요? J 님네 근처에 해물파전 파는 데 있던데 그것도 사 갈 테니 야식으로 먹어요."라고 했다.

연락이 온 후 30분 정도 지나서 K가 우리 집 벨을 눌렀고, 전화벨도 함께 울렸다.

"문 앞에 두고 벨 눌러 드렸습니다, 고객님."

이게 무슨 시트콤 같은 상황인가 싶어 웃음이 터졌다.

"크크크, 진짜 이게 뭐람. 너무 고마워요. 얼굴을 보질 못하네요."

"괜찮아요. 다 낫고 모임에서 봐요."

"응, 비 오는데 조심해서 돌아가고요. 정말 고마워요."

"네, 갈게요. 이제 엘리베이터 타니까 얼른 문 열고 음식 가져가요. 식겠다."

그가 돌아간 뒤 현관문을 열고 앞을 보니 콩국수와 널찍한 파전이 포장된 봉지가 나란히 놓여 있었다. 따뜻한 김이 모락모락 나는 파전 봉지를 품에 안자 따스함이 내 몸에 퍼져 가는 기분이었다.

이 마음은 뭘까. 이게 정말 우정일까. 내가 오버하는 걸까. 아픈 와중에 동정심을 착각하고 있는 걸까. 혼란스러웠다. 마음이 술렁였다. K가 문제가 아니라, 내 마음이 문제였다. 술렁이는 마음은 K가 떠난 후에도 한동안 가라앉지 않았다.

착각하지 말아야지. 이 아름다운 우정에 내 썩은 마음을 개입시키지 말자. K가 오늘 내게 건넨 건 콩국수만이 아니다. 콩국수에 담긴 그의 고마운 마음을 다른 의도로 해석하지 말자고 다짐했다. 순수하게 이 고마운 마음을 간직하고, 언젠가 꼭 보답하기로 결심하니 한결 마음이 가벼워졌다.

아니 어쩌면 이건 내가 스스로에게 거짓말을 하는 과정이었는지도 모르겠다. 그렇게 생각하지 않으면 앞으로 모임에서 K를 만날 때 괜히 불편할 테니까. 그리고 아직까지 내 마음에 동그란 풍선 하나가 부풀어 간다는 걸 인정할 수 없었으니까.

친구인데 말할 수 없습니다

: 그냥 친구라고 하기엔

K가 우리 집에 병문안을 다녀간 이후, 그의 마음은 어떤지 모르겠지만 적어도 내 안에서 K의 정의가 모호해진 건 사실이었다.

코로나 격리가 끝난 뒤 오랜만에 모임에 나갔더니 모두 많이 걱정해 주었다. 살이 더 빠진 것 같다는 덕담도 해 주었지만, 집에만 있으면서 너무 잘 먹은 덕분에 살이 오히려 쪘다고 솔직히 말하진 못했다.

K와도 인사를 나누었으나 우리 집에 와서 콩국수를 주고 간

일은 둘 다 다른 친구들에게 말하지 않았다. 그것부터 이미 우리 관계가 그냥 친구라고만 말하긴 어려워졌다는 걸 말해 주고 있었다. 하긴 나라도 이 이야기를 제3자의 입장에서 들었다면 "야, 무슨 소리야. 그건 무조건 그린 라이트지. 어느 남자가 미쳤다고 그런 짓을 아무 관심 없는 여자한테 해?"라고 단언했을 것 같다.

그럼 진짜 K는 내게 마음이 있는 걸까. 다른 남자들이었다면 당연히 마음이 있는 거라고 생각했을 텐데, K의 경우는 그게 아닌 것 같아서 혼란스러웠다.

K와 알고 지낸 지 4개월이 되어 가는데, 그동안 그가 보여 준 모습과 언행은 일치했다. 그는 남녀 구분 없이 모두에게 친절했고, 남자 동생들과 연락해서 둘이 만나기도 하고 따로 전화를 걸어 안부를 묻는 모습도 종종 보았다. 남자 동생들을 대하는 모습과 나를 대하는 모습이 똑같았던 거다.

오죽하면 K에게 농담처럼 물어봤다.

"K 님, 이거 K 님이 하는 행동이 아니었으면 오해하기 십상이에요. 누가 단순한 친구한테 코로나 걸렸다고 맛집 음식을 배달해 줘요?"

"그래요? 전 친한 동생들이 혼자 사는데 아프면 걱정되어서 잘 돌봐 주는 편인데. 아마 J 님이 아니라 Y가 아팠더라도 똑같이 했을걸요?"

그 말은 진심 같았다. 실제로 그는 남자 동생들에게 다정하고 잘 챙겨 주는 형으로 인기가 많았다.

그래, 내가 괜히 도끼병이 생겨서 오버하는 걸 수 있다. 휴머니즘의 관점에서 어쨌든 내가 K의 울타리 안에 들어가게 된 건 확실해 보였다.

그리고 냉정하게 살펴봐도 친구 이상이라고 말하기는 애매했다. 손을 잡는다든가 하는 스킨십은 당연히 한 적이 없고, 딱히 용건이 없으면 일상적으로 톡을 보내거나 전화를 하지도 않으니 썸이라고 말하기도 어려웠다. 어쩌다 뭔가 물어볼 일이 있거나 서로 정보를 주고받는 목적으로 짧게 톡을 하긴 했지만, 그런 다음에는 바로 용건만 마치고 연락을 지속하지 않았다.

그러나 계속 정의되지 않는 이 관계에 대한 애매모호한 기분이 내 안에 남아 있었다. 확실한 걸 좋아해서 썸남과도 단칼에 '죄송합니다.' 하고 관계를 끝내던 나인데, 어째서 이 상황은 명확한 가르마를 타지 못하고 있는 건지 알 수 없었다.

우리는 달라진 게 없었다. 하지만 달라져 있었다.

여전히 친한 친구였다. 오히려 더 가까워진 친구.

그럼에도 그냥 친구 사이일 뿐이냐고 누군가 묻는다면, 순간 망설일 것 같은 내가 있었다.

앞으로의 인생에

사랑이 없을 리가 없었다.

그리고 하게 된다면 머지않은 시간 내에

하고 싶다는 생각도 들었다.

사랑은 날 지옥 속으로

몰아넣기도 했지만,

그 이상으로 내 삶을 빛나게 해 줬으니까.

3부

우리 사이에 어떤 이름을 붙여야 할지

YOU & ME

연하남은 처음입니다만

: T를 만났다

연하와의 연애를 선호하지 않는다. 안 그래도 또래보다 높은 정신 연령 덕분에 동갑내기조차 어리게 느껴질 때가 많은데, 거기서 더 어리다니! 게다가 같이 있을 때 내가 더 나이 들어 보이는 것도, 체력을 못 따라가는 상황도, 상상해 보면 썩 기분 좋은 일은 아니었다.

내가 선호하지 않아서인지 아니면 이런 고민을 할 필요도 없을 만큼 어차피 내가 연하남에게 인기가 없는 타입이었는지 몰라도, 많은 연애 경험 중 연하는 없었다.

3040 모임은 만남을 거듭하면서 신규 회원이 꾸준히 들어왔고, 다양한 연령대와 직업군이 공존하는 꽤 큰 규모의 모임으로 발전했다. 그중 자주 나오는 멤버들은 서로 이름과 연락처도 공유하고 친하게 지내게 되었는데, 새로운 회원 중 자주 이름이 들려오는 사람이 있었다. 그게 T였다.

여름 장마가 시작될 무렵, 그날은 엄청난 폭우로 강남이 물에 잠긴 다음 날이었다. 하필 내가 예술의전당 전시회 번개를 제안한 날! 당일까지도 약속을 취소할까 말까 고민했는데, 오후 무렵부터 비가 잦아들더니 저녁에는 기적처럼 비가 그친 하루였다.

“오! 지금 비 그쳤어요. 오늘 번개는 속행입니다!”

단톡방에 예술의전당 매표소 앞에서 만나자고 메시지를 남기고 나서 퇴근 후 지하철을 타고 남부터미널역으로 향했다. 그러고 보니 예술의전당은 지난번 R과 K와 다녀온 이후 두 달 만이었다. 그때만 해도 K와의 관계가 이렇게 가까워질 거라곤 전혀 생각하지 못했다. 예술의전당으로 향하는 동안 왠지 그날이 떠올라서 웃음이 났다.

매표소에서 표를 교환한 뒤 단톡방에 도착했다고 메시지를 남기니, T 역시 도착해서 앉아 있다는 답장이 바로 달렸다. 두리번두리번 주위를 살폈는데 T를 만나 본 적이 없어서 누구인지 알 수 없었다. 그때 전시관 앞 벤치에 혼자 앉아서 책을 읽고 있는 남자가 보였다.

"저, 혹시 오늘 전시 번개 나오셨나요?"

"아, 네 맞아요. 안녕하세요."

남자가 고개를 들고 눈을 마주치며 인사해 왔다. 선한 인상의 어려 보이는 얼굴. '아, 이분이 T구나.'

"안녕하세요, J입니다."

가볍게 인사를 나누고 함께 앉아서 오는 데 오래 걸렸는지, 회사는 어느 쪽인지, 출근할 때 비 많이 오는 건 괜찮았는지 등등 소소한 이야기를 나누며 다른 분들이 오기를 기다렸다. 5명이 모두 모인 뒤 전시를 보고 나왔을 때도 비는 오지 않았다. 역시 내가 날씨 요정이라 그런 것 같다며 으스댔는데 사람들이 적극적으로 맞장구를 쳐 줘서 살짝 무안했다. 농담을 이렇게 진지하게 받아 주다니, 하나같이 참 착하고 순수한 사람들이었다. 다 같이 근처 식당으로 가서 삼겹살에 소주를 마시며 대화를 나눴다. T는 조용한 성격 같았지만 몇 번 만난 적이 있는 다른 분들과는 조금 가까워졌는지 편하게 대화하는 모습이었다. 그날 T에게서 받은 인상은 조용하고 성실해 보이는 사람, 그게 다였다.

T는 약간 가무잡잡한 피부에 넓은 어깨와 다부진 체격을 가진 사람이었다. 연구원으로 일하는 이과생인데도, 문학 서적 읽는 걸 좋아하고 운동을 꾸준히 하는 상반된 취미를 가진 사람이었다. 내향적인 성격 같았지만 사람들과 함께 있을 때는 대화를 적극적으로 하고 누구에게나 친절해서 금방 모임 사람들 대부분과 친해졌고 남자 회원들끼리는 형 동생 하며 가까워졌다.

그 후로 전시회 번개나 평일 저녁 모임에서 종종 T를 마주치게 되었다. 만나면서 알게 된 건 나보다 2살 어리고, 남자들만 가득한 연구소에서 일하다 보니 이런 모임이라도 안 나오면 여자와 얘기할 기회조차 없다는 것과 몇 개월 전 여자 친구와 헤어졌다는 사실이었다. 그리고 첫인상과 비슷하게 선한 성품과 태도를 꾸준히 보여서 만약 내 주변에 좋은 친구가 있다면 소개해 주겠다고 진심으로 말하기도 했다. 하지만 T는 소개팅은 어색해서 못 하겠다며 한사코 사양하곤 했다.

언젠가 사람들이 T에게 이상형이 어떤 스타일이냐고 물었더니 성숙하고 목소리가 좋은 사람을 좋아한다고 했는데, 그 말을 들은 K가 옆에서 말했다.

"어라? 그럼 J 님 아니에요?"

주변 사람들도 정말 그렇다며 맞장구치자 나는 손사래를 치며 말했다.

"에이, 그런 말 하지 말아요. 저랑 엮는 건 T 님에게 실례라고요!"

이렇게 말하며 T를 바라봤는데 T는 자기는 오히려 영광이라며 웃어 보였다. 그런 T를 보니 정말 착한 사람이구나 싶어 나 역시 미소가 지어졌다. 하지만 그 이상의 감정은 생기지 않았다. 연하는 내 취향이 아니니까. 대화 중에 연하랑 만나 본 적은 없냐고 T가 물었을 때도, 정신 연령이 나보다 낮은 사람은 좀 힘들다고 대답했다. 딱히 그가 나에게 다가오거나 관심을 보이진 않았지만, 혹시라도 T가 내게 마음이 생기지 않도록 먼저 조심하곤 했다.

그 무렵의 나는 모임의 어떤 남자 회원들에게도 철벽을 치는 중이었다. 자칫 잘못해서 남녀 문제가 생겨 모임에서 빠지게 되면 너무 아쉬울 것 같았으니까. 가능하면 이 모임에서 누군가를 만나고 싶지 않았다. 이미 K와 애매한 관계가 된 것 때문에 혹시라도 좋은 친구들을 잃게 되는 상황이 올까 봐 두려웠다. 보통 이런 모임에서 시작된 연애의 끝은 탈퇴 엔딩이다. 최소 둘 중 하나는 나가게 되고, 최악의 경우 2명 모두 나가게 된다. 난 아직까진 이 친구들 모두를 계속 보고 싶었다. 그들과 나누는 대화, 함께 가는 여행, 술잔을 기울이는 시간을 사랑했다. 그 소중한 시간을 남자 한 명과 바꿀 정도로 아직 누군가에게 마음이 움직이지는 않는 시기였다.

그런 마음에 조금씩 변화가 찾아온 건 여름의 습한 더위가 가시고 선선한 가을 냄새가 바람에 묻어올 무렵이었다.

여름이 지나고 가을바람이 살랑 불어왔다

: 또 다른 시그널을 감지했습니다

♪

"토요일 번개 취소된 거 아쉬운데, 이렇게 넷이 모여서 다른 거라도 해요."

다 함께 저녁을 먹은 수요일 술자리에서 T가 제안한 주말 번개는 갑작스러웠다. 같은 테이블에서 함께한 넷이 모이자는 제안이었는데 T, H, Y 그리고 나라니. 한 번도 따로 만나 본 적 없는 기묘한 조합이었다. 왠지 어색하지 않을까, 어색한 순간을 못 참는 나의 성향이 튀어나와 억지로 이야깃거리를 끄집어내느라 에너지를 몽땅 쓰지 않을까 조금 걱정되기도 했다. 하지만 날씨 좋은 가을 주말에 집에만 있기 아까워서 기꺼이 그러자고 했다.

토요일은 더위가 한풀 꺾이고 가을바람이 살짝 불어오는 기분 좋은 날씨였다. 반포한강공원에서 오후 5시 무렵 만나서 노을 지는 걸 보는 계획이었다. 4시 40분쯤 역에서 나왔는데, 가장 더운 시간이 지났음에도 햇살이 눈부시고 뜨거웠다. 가을이 왔다고 생각했는데 역시 9월까지는 여름으로 쳐야 하나, 오늘 괜히 야외에서 보기로 했나 하고 걱정도 조금 들었다. 넷이 제시간에 만나 반갑게 인사한 뒤 공원 잔디밭으로 이동해 돗자리를 폈다. 반포한강공원은 처음이었는데 우리가 자리 잡은 위치는 도시 뷰와 한강 뷰를 동시에 바라볼 수 있는 멋진 장소였다.

노을이 지려면 아직 한 시간 정도 더 남아서, 먼저 음식을 사 오기로 했다. 가위바위보로 진 팀이 사러 가고 이긴 팀은 남아서 돗자리를 지키기로 했는데, 나와 T가 이겨서 돗자리에 남게 되었다.

"잘 다녀오세요! 두 분이 먹고 싶은 거 마음대로 사 와도 돼요. 술은 맥주 아무거나 괜찮고요."

"네, 얼른 다녀올게요. 잘 놀고 계세요."

Y와 H가 자리를 뜨고 난 뒤, 잠시 정적이 흘렀다. T와 단둘이 대화를 나누는 건 처음이었다.

"T 님이 토요일에 모이자고 말 안 했으면 종일 집에서 뒹굴고 있을 뻔했는데 고마워요."

"에이, 제가 안 불렀어도 J 님 성격이면 어디든 나오셨을 것 같은데요?"

생각보다 내 성격을 정확히 파악하고 있는 것 같아서 조금 놀랐다.

해가 저물면서 구름이 아름다운 색채로 물들기 시작했다. 둘 다 그 모습에 감탄하며 누가 먼저랄 것 없이 카메라를 켜고 사진을 찍었다.

"참, 지난번 제가 추천한 책 읽어 보셨어요?"

T가 책을 많이 읽는 걸 안 뒤, 최근 읽은 것 중 마음에 드는 책 두 권을 추천해 줬다. 다분히 내 취향의 감성 가득한 책이라서 그는 어떻게 봤을지 궁금했다.

"그럼요. 추천받고 3일도 안 돼서 다 읽은 것 같은데요?"

"네? 두 권 다요? 엄청난걸요. 책 정말 많이 읽으시네요."

"요즘 퇴근하고 나서는 운동하거나 책 읽거나, 두 가지밖에 안 해서 시간이 많아요."

"그렇다고 해도요. 아, 책은 어땠어요?"

"음, 이런 말 하는 게 조금 자존심 상하는데, 엄청 좋았어요. 예상치 못하게 너무 취향 저격이라 좀 자존심 상하더라고요."

그렇게 말하는 T의 표정은 자존심 상한다고 말하면서도 기분 나쁜 얼굴은 아니었다. 밝게 웃으며 말하는 그를 보니, 추천해 준 사람으로서 뿌듯한 기분이었다.

"후훗! 제가 아무 책이나 추천하지 않는답니다."

조금 우쭐한 척하며 말했더니, T가 더욱 자존심 상한다며 웃어 보였다. 대화를 나누다 보니 음식을 사러 갔던 Y와 H가 돌아왔고, 넷이 둘러앉아 피자와 김밥과 맥주를 먹으며 강바람을 느꼈다. 한강에 어둠이 깔리고 반포대교에 조명이 들어오자 더욱 낭만적인 기분이 들었다. 이렇게 기분 좋은 순간에 함께 시간을 보낼 수 있는 친구들이 있다니 불과 4개월 전까지만 해도 상상도 못 했는데 말이다.

여름이 지나고 가을바람이 살랑 뺨을 스쳤다. 많은 만남과 사건이 벌어졌던 나의 37살 여름이 어느새 끝나고, 선선한 바람이 불어오는 가을의 입구에 와 있었다. 올해 한강에서의 두 번째 번개를 마치고 집으로 돌아가는 길, 문득 생각이 들었다.

'그러고 보니 지난번 망원한강공원 멤버에서 딱 한 명이 바뀌었구나. K가 빠진 자리에 T가 있네.'

그런 생각을 하며 집으로 향하던 중, 톡이 울렸다. T로부터 온 개인 메시지였다.

"오늘 즐거웠어요! 책 추천해 준 보답으로 제가 다음에 밥 살게요."

역시나 그다운 친절하고 예의 바른 메시지. 그런데 왠지 이 메시지와 이날 둘이 나눈 대화에서 묘한 느낌이 들었다. 어쩌면 내가 감지한 또 다른 시그널이 아닐까? 꽁꽁 얼어 있던 연애 세포가 지난번 잠시 스쳐 간 썸남 D와 최근 미묘하게 가까워진 K 덕분에 조금씩 살아났기 때문인지 몰라도, 이 메시지 뒤에 숨겨진 다른 의미가 읽히는 기분이었다.

K가 아닌 T와 함께 한강의 노을을 바라본 이날, 내 안에 잠들어 있던 연애 세포 하나가 빼꼼 얼굴을 내밀었다. T가 보여 준 호감의 눈빛은 우정일까 연애 감정일까. 또다시 K 때처럼 평범한 우정의 시그널을 내가 혼자 착각하고 있는 건 아닐까. 조금 헷갈리기 시작했다.

남자 사람 친구의 장점

: 3040 우정이 빛나는 밤

♪

K와 친해진 후 느낀 남자 사람 친구의 가장 큰 장점은 남자 문제 고민 상담에 이보다 좋을 수 없다는 점이었다.

여초 회사를 다니는 것도 아닌데 나는 이상하게 동료 여직원들과 더 친해졌고, 20대 때부터 친구로 지낸 남사친 대부분이 결혼을 하며 하나둘 연락이 뜸해지자 더더욱 주변에 여자 친구들만 남게 되었다. 그렇다 보니 남자 지인 자체가 드물었고, 그중 친구라고 부를 수 있을 정도의 관계는 최근엔 K가 유일했다. K는 생각이 깊고 신중한 성격이라 연애 문제뿐만 아니라 회사 문제나 인생의 고민을 상담할 때도 참 좋은 친구였다.

몇 주 전부터 조금씩 시그널을 보내오는 T에 대해 K와 이야기를 나누게 되었다. 내가 궁금했던 건 이 신호가 내 착각인지 아닌지였다. 그동안 눈치 없는 사람은 아니라고 자부해 왔지만, K라는 변수가 생기면서 내가 생각하는 것만이 정답은 아닐 수 있다고 생각의 폭이 확장되었기 때문이다. K가 하는 행동은 누가 봐도 분명 내게 이성적 호감이 있는 모습이었는데, 그는 단호하게 그런 의도가 아니라고 선을 그었고, 그 후 몇 개월 동안 보인 그의 행동 역시 그 말을 뒷받침해 줬다. 그는 정말 친한 친구로서 최대한의 친절과 연락을 내게 해 왔을 뿐, 그 이상은 다가오지 않았다. 어쨌든 K 덕분에 남녀 문제에 대해 조금 더 신중하고 겸손한 자세를 취하게 되었고, 이 시점에서 내가 궁금한 건 T의 마음이었다.

난 늘 나의 감정보다 상대방 감정의 이름이 무엇인지가 더 궁금했다. 누가 봐도 사람을 대할 때 적극적이고 솔직한 성격이지만, 실제로는 상대방의 감정에 내 감정이 따라붙는 경우가 많았다. 특히 남자 문제에서 그런 편이었는데, 남자가 내게 호의를 보여야만 그에게 마음이 움직이는 편이었다. 살면서 한 번도 짝사랑을 해 본 적이 없다. 이렇다 보니 T의 마음이 정확히 무엇인지 확신이 들어야 내 마음의 방향과 정체도 확인할 수 있을 것 같았다.

T는 함께 밥을 먹자고 한 이후 거의 매일 연락을 했다. 자기가 읽은 책이 좋아서 추천하고 싶다거나, T가 배우고 있는 테니스를 기회가 되면 나도 해 보고 싶다고 지나가듯 말했던 걸 기억하고 같이 체험하러 가지 않겠느냐고 권하는 식이었다. 저녁 약속을 잡으면서 어떤 음식 좋아하는지 묻고 식당을 서로 추천해 주기도 했다. 나를 부담스럽게 하는 메시지는 아니었고 근무 시간 중엔 어차피 둘 다 메시지를 안 해서 불편하지 않았다. 이 정도면 내가 아무리 연애에 둔감해도 그가 나에게 호감이 있다는 게 느껴졌다.

"제가 보기엔 분명 J 님에게 마음이 있어 보이던데요."

K는 평소처럼 차분하면서도 조금은 능글맞은 표정으로 큰 고민 없이 말했다. K는 이 상황을 그저 즐기고 있는 듯한 모습이었다.

"K 님이 보기에도 그렇죠? 내가 지금 공주병이라서 그렇게 느끼는 거 아니죠?"

"응, 그렇죠. 그 후에도 계속 개인 메시지 왔다면서요. 둘이 만나기로 약속도 잡은 거 아니에요?"

"잡았죠. 다음 주에 퇴근하고 회사 근처에서 저녁이나 먹자고 했죠."

"오오, T가 나름 열심히 하고 있네요. 녀석, 잘하고 있군."

"아휴, 놀리기만 하지 말고요. 저도 이게 시그널 같기는 한데, 사실 개인 메시지는 K 님이랑 저도 하고 있잖아요. 그럼 K 님도 저한테 마음 있어서 그러시는 거예요?"

"저야 워낙 특이한 케이스고요. 알다시피 연애 감정을 한 번도 느껴 본 적 없는 사람이잖아요."

그렇게 말하는 K의 표정은 평소와 다름없었다.

우리가 이렇게 계속 남사친 여사친의 관계를 유지했다면 좋았을 텐데.

나를 대하는 K의 태도가 조금 달라진 건 내가 글을 쓰고 있다는 걸 그가 알게 된 이후였다.

우리의 우정이 안정되어 간다고 느꼈을 무렵, 또 한 번 우리 사이를 정의하기 어려운 기분이 들기 시작했다.

작가님, 운전기사 필요 없으세요?

: 평범한 회사원인 내가 브런치 인기 스타?

☎

모임을 나가며 여러 친구를 사귄 덕분에 긍정적인 영향을 많이 받았다. 겉으로는 모두 평범한 직장인들이었지만, 친해지고 알게 된 그들의 모습은 평범하지 않았다.

H는 필명으로 책을 출간한 작가였고, R은 혼자 공부해서 시나리오를 완성해 공모전에 응모한 경험이 있었다. 내 주변에 이렇게 본업이 작가가 아닌데도 글을 쓰는 사람들이 있었다니! 글은 선택받은 사람들만 쓰는 거라 생각했다. 나 정도의 보잘것없는 재주로는 작가가 될 수 없을 거라며 글 쓸 시도조차 하지 않았던 자신이 부끄럽게 느껴졌다. 그리고 한편으로

는 용기를 얻었다. 꼭 글로 먹고살 수는 없더라도, 시도는 해 볼 수 있지 않을까 하고 말이다. 그리고 그때부터 나의 이혼 이야기를 브런치스토리에 필명으로 올리기 시작했다.

첫 글을 올린 날 내 글의 조회 수는 30도 되지 않았고, 좋아요는 1개 눌렸다. 그리고 구독자 역시 1명이 생겼다. 뭔가를 기대하고 글을 올린 건 아니었지만, 수많은 사람들이 하루에도 수천 개의 글을 올리는 플랫폼에서 내 글이 눈에 띌 확률은 거의 없을 거라 생각했다.

K와 위스키를 마시며 이런저런 얘기를 하던 중 글을 쓰기 시작했다는 말을 가볍게 꺼냈다. 글 쓴 지 한 달 정도 되었는데 구독자가 100명쯤 되었고, 사람들이 글이 너무 좋다면서 댓글 달아 줘서 기분 좋다고도 말했다. 그랬더니 K는 예상보다 더 놀란 표정과 목소리로 대단하다고 했다.

"J 님, 진짜 잘 어울려요. 책장 보고 범상치 않은 분이라고 생각했는데, 글 쓰는 재능까지 있는 줄은 몰랐네요."

"재능은 무슨. 누구든 쓸 수 있어요. 내 글 읽어 본 적도 없잖아요."

"아뇨, 안 읽어 봐도 알 수 있어요. 평소 J 님이 하는 말과 철

학만 알아도, 보통 글이 아닐 거라고 생각해요."

K답지 않게 한껏 띄워 주는 말을 하니 어리둥절했지만 기분은 나쁘지 않았다. 아니, 솔직히 아주 좋았다. 올라간 광대가 내려오지 않는 걸 보면 속마음은 참 숨기기 어려운 거구나 싶었다.

"아무튼 글 쓰기 시작한 건 다른 모임 분들한테는 비밀이에요. 막 여기저기 알릴 만한 글도 아니고 부끄럽기도 해서요."

"그럼요. 저도 어떤 필명으로 쓰는지는 안 물어볼게요. 나중에 유명 작가 되면 모르는 척만 하지 말아요."

제발 그럴 일이 생기기라도 하면 좋겠다고 말하며 웃어 보였다.

브런치스토리에 글을 쓴 지 채 3개월이 되지 않은 가을, 부모님과 제주도를 여행하던 중이었다. 내 브런치 구독자는 1,000명을 간신히 넘겼을 때였다. (나중에 알았지만 3개월 만에 1,000명의 구독자가 생긴 것도 흔치 않은 일이었다) 어쩌다 가끔 좋아요나 구독자 알람이 오는 정도라서 브런치스토리 앱 알람을 늘 켜 놓고 있었는데, 여행지에서 이동하던 중 갑자기 폰이 다다다다다다다 울리기 시작했다. 스마트워치를 차고 있었는데,

따발총을 손목에 맞은 것처럼 알람이 울려 댔다. 너무 놀라서 무슨 일인가 하고 시계를 들여다보니, 0.5초 단위로 브런치스토리 구독자와 좋아요가 끝없이 올라가고 있었다.

'응? 뭐야? 뭐지?'

눈을 동그랗게 뜨고 사고가 정지된 것처럼 당황했지만, 가족들에게 글을 쓰고 있다는 걸 비밀로 하고 있었기에 여행 중 티를 낼 수가 없었다. 당연히 노트북을 가지고 있지도 않아서 대체 어디에 내 글이 노출돼서 이런 폭발적인 반응이 나고 있는지 확인도 못한 채 3일이 지나갔다. 이전에도 글이 어딘가 포털 사이트 메인에 올라가서 갑자기 구독자가 늘어나는 경우는 두세 번 있었지만, 이번 건 차원이 다른 반응이었다. 제주도에 머물던 사흘간 내 구독자 수는 1,000명 대에서 5,000명 대로 급증했다.

그야말로 자고 일어나니 유명 스타가 된 것 같은 기분이었다. 요즘 유행하는 웹소설 제목처럼 '평범한 회사원이던 내가 이 세계에선 왕족?'과 어울리는 상황이 내게 벌어진 거다.

그리고 뒤따라온 감정은 두려움이었다. 기쁜 마음보다는 무서운 감정이 나를 덮쳤다. 아무리 익명으로 글을 쓰고 있어도, 내 이혼 사유를 아는 사람이 거의 없어도, 이 정도로 글이 많이 읽히고 알려지다 언젠가 우리 부모님이나 친척 또는 전 남편에게 알려질까 두려웠다. 너무 갑자기 생겨난 인기는 나를 혼란스럽게 했다.

혼자 이 당황스러운 감정을 감당할 자신이 없어서 누군가에게 고민 상담을 하고 싶었다. 그때 K가 떠올랐다. 내가 글을 쓴다는 사실을 아는 유일한 사람인 K에게 이 사실을 말해 볼까 하는 생각이 들었다. 그가 딱히 해결책을 제시할 순 없겠지만, 최소한 대나무 숲 역할은 해 줄 수 있지 않을까 싶었다. 원래 비밀을 들어 주는 누군가가 있다는 사실만으로도 그 답답한 마음이 해소되는 법이니까.

"K 님, 저 구독자가 갑자기 5,000명이 되었어요."라고 말하며 구독자 수 캡처 사진을 그에게 보내 줬다. 그랬더니 몇 분 지나지 않아 K로부터 환호와 놀라움의 이모티콘이 날아왔다.

"와, 곧 김은희가 될 날이 머지않았는데요?"

이런 속 편한 사람 같으니. 어떻게 해야 하나 무서워하던 마음에 갑자기 훅 바람 빠지는 소리가 들렸다.

"아니, 지금 김은희가 문제가 아니잖아요! 저 너무 유명해지면 안 된다고요."

어처구니없다는 답장을 보냈지만, 그 와중에 긴장해 있던 얼굴 표정이 스르르 풀리며 미소가 지어지는 게 느껴졌다.

"J 님 유명해지면 제가 운전기사 해 드릴게요. 대작가 님이 버스 타고 다니면 안 되죠. 드라마 제작사 앞에 제가 내려 드리겠습니다. 굽신굽신."

그리고 몇 분 지나지 않아 그가 보내 준 캡처 사진에는 핸드폰에 저장된 내 이름이 'J 작가님'으로 바뀌어 있었다. 계속해서 장난을 치는 K의 톡에 이미 내 마음은 걱정이 아니라 허탈함과 웃음이 가득했다.

내가 뭘 그렇게 미리 걱정한 걸까. 뭐가 그렇게 두려웠을까.

글을 쓰려고 했던 이유가 뭐였는지 다시 생각해 봤다. 나의 이혼 이야기를 써서 어떤 걸 얻고 싶었던 걸까.

전남편의 부정함을 알리고 싶었던 게 아니었다. 글을 써서 유명해지고 싶은 것도 아니었다. 그저 누구에게도 말하지 못한 내 안에 남아 있는 이야기를 솔직하게 쓰고, 비슷한 상황을 겪게 될 누군가에게 조금이라도 도움이 되고 싶었다. 이혼의 끝이 꼭 불행만 있는 건 아니라고, 이혼을 선택해도 잘 살아갈 수 있다고 말하고 싶었다. 내 글이 유명해진다 한들 그런 내 마음은 변하지 않을 거였다.

K에게 말하길 잘했다는 생각이 들었다. 그의 장난 섞인 진심 어린 축하 덕분에 마음이 한결 가벼워졌다. 이렇게 많은 분들이 내 글을 사랑해 주는 고마운 일이 살면서 몇 번이나 있겠나 싶었고, 이 순간을 감사히 여기며 더 열심히 글을 써야겠다는 생각이 들었다.

이때부터 본격적으로 제대로 글을 써야겠다는 마음이 생겨났다. J 작가님이라고 불러 주는 K를 위해서도.

소화시킬 겸 우리 좀 걸을까요?

: 알지만 모르는 척

☀

"내장파괴 버거라고 들어 본 적 있어요?"

내가 보낸 메시지에 T는 당황한 이모티콘을 보내며 그게 뭐냐고 물었다. 내가 매장 정보 링크와 함께 음식 사진도 보내자 T가 웃으면서 대답했다.

"J 님, 이거 먹을 수 있겠어요? 엄청난데요?"

"당연히 저 혼자는 못 먹죠. T 님이 잘 드시니까, 이번에 같이 이거 도전?"

수요일 저녁, 간만에 이태원 근처로 향했다. 처음엔 T가 우리 회사 근처로 오겠다고 했지만 아무래도 이쪽엔 맛집이 별로 없어서, 그러지 말고 내가 먹어 보고 싶었던 게 있으니 이태원에서 만나자고 했다. 내장파괴 버거는 몇 년 전부터 궁금했는데, 전남편이나 나나 식사량이 많지 않은 사람들이라 감히 도전해 보지 못한 메뉴였다. 이름부터 참으로 극악무도하지 않은가.

평일 저녁 퇴근길에 만난 T는 주말에 볼 때와 조금 달랐다. 폴로셔츠에 생지 데님 바지를 입고 한 손엔 가방을 들고 역 앞에 서 있는 T에게 반갑게 인사하며 다가갔다. 늘 약속 시간보다 20분 이상 먼저 나와서 기다리는 그의 성향은 참 좋다고 느꼈다.

"주문하신 내장파괴 버거 나왔습니다."

두둥. 사진으로 많이 봤지만 막상 눈앞에서 마주한 버거는 상상 이상이었다. 높이가 30센티는 되어 보였고, 들어간 소고기 패티가 3장, 달걀프라이, 오징어링, 베이컨, 파인애플, 적양파 등등이 차곡차곡 쌓여 있었다. 그 위용에 감탄하며 둘 다 사진을 열심히 찍은 뒤 해체 작업에 들어갔다.

"전 사실 버거는 딱 기본을 좋아하거든요. 패티, 양파, 치즈,

양상추, 토마토 정도로 한입에 먹을 수 있는 사이즈요."

"저도요. J 님이 이거 먹으러 가자고 해서 좀 놀랐어요."

"크크, 기본 버거는 평소에 회사 점심으로도 자주 먹으니까요. T 님 핑계 대고 폭식 좀 해 보려고요."

T와 나누어 먹은 내장파괴 버거는 과연 그 이름대로였다. T가 3분의 2를 먹어 줬음에도 난 배가 불러서 숨을 못 쉴 지경이었고, 그 역시 평소보다 지나치게 많이 먹었다며 배가 볼록 나왔다고 말했다. 워낙 운동을 많이 하는 사람이라 이 정도로 배가 나오진 않을 것 같았지만 말이다.

"그럼 일단 좀 걸을까요? 언덕을 올라야 하지만 남산으로 쭉 걸어가면 될 것 같은데."

내 제안에 T는 흔쾌히 그러자고 했다. 음식 메뉴를 정할 때도 그렇고 산책 코스 얘기를 할 때도 그렇고, 그는 늘 내가 하자는 대로 따라 주었다. 이런 부분은 왠지 K랑 반대구나 싶은 생각이 들었다. K와 만날 때는 보통 그가 몇 가지 후보를 제안하고, 내가 고르는 식이었다.

"그러고 보니 지난번 모임에서 다른 분께 들었는데, 이 모임에 호감 가는 사람이 있다고 말했다면서요?"

남산 둘레길에 들어서면서 T가 물었다. 난 눈을 동그랗게 뜨며 와전된 이야기라고 고개를 저었다.

"그때 다들 술 마시고 OX 퀴즈 할 때 얘기죠? 그냥 게임의 재미를 높이기 위해서 장난친 거였죠."

"뭐야, 그래요? 난 또 진짜인 줄 알고 엄청 궁금해했는데… 사실은 있는 거 아니고요?"

T는 약간 실망한 듯한 표정으로 다시 내게 물었다.

"그건 비밀입니다. 이 모임이 아주 무서운 게, 사람이 늘어나면서 이렇게 하지 않은 이야기도 잘못 말이 퍼지더라고요. 가능하면 이런 주제에선 말을 아끼려고요."

내가 단호하게 입을 다물자, T는 더 이상 묻지 않겠다며 계속 걸음을 옮겼다.

"저보다는 T 님이야말로 모임에 좋아하는 사람 있다고 말했잖아요. Y랑 술자리 끝나고 둘이 따로 나가서 서로 좋아하는 사람 오픈했다고 들었어요, 크크."

나도 한번 대놓고 물어봤다.

"아, Y 형 진짜! 그걸 말했어요?"

"네, 이거 봐요. 비밀이 없다니까요. 그래도 누구인지는 말 안 했어요. 그 정도는 지켜 준다고요."

"당연히 그래야죠. 아, 정말."

T는 약간 얼굴이 빨개진 듯했으나, 어두운 산책길 때문에 잘 보이진 않았다.

"그래서 누군데요? 슬쩍 말해 줘요."

"에이, J 님도 말 안 하는데 제가 왜요. J 님이 말해 주면 저도 할게요."

그렇게 떠보듯 말하지 않아도 느낌상 알 수 있었다. 오늘 밥을 먹는 동안 그가 보여 준 눈빛, 말투, 행동 그리고 지금 이 순간 그의 온몸에서 풍겨져 나오는 시그널. 아마 T가 좋아하는 사람은 나인 듯했다.

그렇지만 그걸 내가 눈치챘다고 해서 달라질 건 없었다. 당장 그와 사귀고 싶은 마음도 없었고, 설령 고백을 해 오더라도 지금의 마음이라면 거절할 것 같았다. 아직까진 T에게 좋은 남자 이상의 마음은 없었다. 아마 그 역시도 아직까지는 호감의 단계일 뿐, 나랑 사귀고 싶은 마음까지는 없는 게 아닐까 싶기도 했다.

"아직도 배가 안 꺼져요. 우리 25,000보나 걸었는데, 크크."

집으로 돌아가는 길에 그에게 톡을 보냈더니, 그 역시 오늘 먹은 걸 소화시키려면 일주일 내내 운동해야 할 것 같다고 답장했다. 집에 도착하면 연락 달라고 하는 그에게 그러겠다고 한 뒤 남산에서의 미묘했던 감정을 되돌아봤다.

남산 둘레길을 걸으며 내장파괴 버거를 소화시킨 그날 밤, T의 마음을 좀 더 확신하게 되었다. 하지만 그와 반대로 내 마음은 여전히 선명하지 않았다. 이러다 갑자기 T가 사귀자고 말하면 어떡하나, 그냥 아 몰라 하고 일단 연애부터 해 봐야 하는 걸까. 정작 그가 고백을 하지도 않았는데 혼자 북 치고 장구 치며 상상을 하니 허탈감이 몰려왔다.

그래, 일단 모르는 척 더 지내 보자. T는 적극적인 성격이 아니니까, 그렇게 빨리 고백을 할 것 같진 않으니까. 가능하면 부디 내게 생각할 시간을 더 주기를 바랐다.

올해의 사건은 J 님이에요

: 올해의 어워드

♬

"평생의 친구가 될 수 있는 사람을 만나는 게 정말 귀한 일인데, 운이 좋다고 생각해요."

K는 늘 내가 연애를 얼른 많이 하길 바란다고 말하곤 했다. 이혼하고 1년 넘게 연애를 안 하고 있는 게 아깝다고, 다 큰 성인이 섹스도 안 한 채 몇 년째냐고 말하기도 했다. 제주도 여행에서 섹스에 대한 서로의 생각을 알게 된 이후, 우리는 19금 토크도 부담 없이 하는 편이었다. 유교 걸로 유명하던 내가 남사친과 19금 대화를 하는 날이 오다니, 이래서 인생은 살아 보기

전엔 알 수 없다고 했던가.

K는 섹스도 섹스지만 연애하는 경험을 많이 갖는 게 작가에게 좋은 소재가 되지 않겠냐고 나보다 더 적극적으로 글감을 모으는 데 도움을 주려고 했다. 대부분 진심 반 농담 반의 말들이었지만, 왠지 모르게 이전보다 더 다정하게 느껴지는 행동과 표현들을 하곤 했다.

단풍이 물들기 시작한 가을, 각자 주말에 자기 일을 마친 뒤 뭐 하고 있냐고 톡을 주고받았다. 둘 다 오후에 할 것도 없고 집에만 있기엔 아까운 날씨라는 생각이 들어서, 단풍도 볼 겸 R과 셋이 갔던 종로 찻집에 가기로 했다. 역 앞에서 만나자고 했는데, K가 자기 차로 가자며 집 앞에 데리러 오겠다고 말했다. 그의 집과 우리 집은 차로 40분 이상 걸리는 먼 거리라서, 굳이 그러지 않아도 된다고 했는데도 K는 말을 듣지 않았다. 설마 지난번에 말한 운전기사가 되겠다는 말이 진심이었나 하는 생각도 잠시 들었다.

오후 3시쯤 도착한 찻집은 여전히 미술관처럼 고요하고 차분했다. 이번에도 좌석은 만석이었지만 운 좋게 10분도 기다리지 않고 바로 앉을 수 있었다. 따뜻한 차와 말차 디저트를 하나 시킨 뒤 이런저런 얘기를 나누다가 내가 '올해의 어워드'에 대해 말을 꺼냈다.

올해의 어워드는 그해에 일어난 가장 인상적인 사건, 책, 영화, 음식 등을 내 기준으로 선정해서 한 해를 기록하는 방식인데, 따로 SNS나 블로그를 하지 않다 보니 늘 혼자 선정해 놓고 누군가에게 공유한 적은 없었다. 이 얘기를 했더니 K가 호기심 가득한 눈으로 지금 후보에 오른 것들만 먼저 말해 주면 안 되냐고 물어봤다.

"아직 두 달 더 남아 있어서 확정은 아닌데, 일단 올해의 사건 후보는 몇 개 있어요. 알쓰(알코올 쓰레기)였던 제가 위스키를 마시기 시작한 일, FWB(Friend With Benefits)를 알게 된 일, 글을 쓰기 시작한 일. 이 3개가 올해 가장 인상적인 사건이네요."

그러고 보니 3개의 사건이 모두 K와 연관되었거나 그가 알고 있는 일이었다. 그렇게 말하자 K는 영광이라며 웃어 보였다. 반대로 K에게 올해의 사건 후보를 꼽는다면 뭐냐고 물었다.

"하나는 작년에 시작한 사이드 프로젝트가 올해 동업자를 만나서 잘되고 있는 거요. 다른 하나는 J 님을 만난 거예요."

순간 두근두근 심장이 뛰는 동시에, 뭔가 두툼한 담요가 심장을 감싸는 기분이었다. 워낙 빈말을 하지 않는 K이기에 그의 진심일 거라 생각하니 괜히 더 기분이 좋았다.

"저처럼 평생 혼자 살 생각을 하는 사람은 지금 주변에 친구가 몇 명 있더라도 결국 다 결혼해서 멀어지게 될 사이라는 생각을 하거든요. 그럼 50대 이후엔 주변에 자주 연락할 사람은 거의 없을 거고, 혼자 쓸쓸히 늙어 갈 거라는 생각을 늘 했어요. 그런데 J 님을 만났죠. 저처럼 비혼 생각이 확고한 데다가 이 정도로 마음이 맞는 사람을 만날 기회는 흔치 않아요. 게다가 J 님의 평소 철학이나 생각이 너무 좋아서 친구가 된 것만으로도 운이 좋다고 생각하고요."

장난기 없는 표정으로 말하는 K의 얼굴을 보고 있자니 이상한 기분이 들었다. 그의 말은 뭐랄까, 사랑 고백 빼고는 다 고백한 것 같은 말이었다.

우리의 이 관계는 대체 뭘까. 이런 마음으로 생각하는 게 정말 우정인 걸까.

연애 프로그램을 왜 보죠, 내 인생이 더 재밌는데

: 연하남과 연상남, 그래서 누구라고요?

♡

리얼리티 연애 프로그램이 방송계의 대세가 된 시기였다. 일반인 출연자가 나와서 인연을 찾는 컨셉의 방송 프로그램들인데 〈나는 솔로〉, 〈하트시그널〉, 〈환승연애〉 등 여러 방송이 인기를 끌고 있었다.

주변에서 〈돌싱글즈〉에 출연해 보라는 얘기를 건네기도 했다. 물론 다들 농담이었겠지만, 나 역시 〈돌싱글즈〉에 나가면 어떨까 잠깐 생각해 보기도 했다. 심지어 브런치스토리 댓글 중에 '작가님, 〈돌싱글즈〉나 〈나는 솔로〉에 나가 보실 생각은 없으신가요?'라는 질문도 있었다. 그 질문에 '전혀 없습니다.

제가 여러모로 방송에 나오면 눈에 띄는 사람이라, 출연 이후 사생활이 사라질까 무서워서요.'라고 대답했다. 실제로는 방송의 무서움을 알기 때문에 나가고 싶지 않다는 마음이 컸다. 평소의 내 모습대로 행동해도 연출과 작가가 어떤 시나리오로 편집하는지에 따라 내 행동이 전혀 다른 의도로 보여질 수 있고, 시청자는 그걸 의심 없이 그대로 믿곤 하니까. 그리고 무엇보다 전남편과의 이혼 사유가 노출된다는 것도 부담이었다. 전남편의 외도 때문에 이혼했다는 걸 만천하에 알리고 싶은 마음은 없었으니까.

회사 동료들에게도 연애 프로그램은 점심시간과 쉬는 시간에 연일 등장할 정도로 화제였는데, 그보다 더 뜨거운 뉴스는 나의 연애사였다. 돌싱임에도 개의치 않고 여러 사람들과 다양한 만남을 이어 가는 내가 그들에겐 꽤 신기하게 보이는 모양이었다. 30대 후반의 나이에 주 3회는 약속을 잡아 사람들을 만나고 밤 12시에 집에 들어가면서, 다음 날 어김없이 8시에 출근해 멀쩡히 회사 생활을 하는 모습에 존경심을 갖는 후배들도 있었다. 자기는 주 1회 약속도 피곤해서 꺼리는데 어떻게 그런 생활이 가능하냐고 묻기도 했다. 생각해 보니 나 역시

20대에는 이렇게까지 열심히 돌아다니진 않았던 것 같다. 회사를 하루하루 열심히 다니는 것만으로도 힘들었고, 남자 친구를 만나니까 그 외의 시간은 주로 집에서 쉬곤 했다.

현재 나를 움직이는 원동력은 내게 시간이 얼마 남지 않았다는 절박함이 20대 때보다 더 크기 때문이었다. 이게 무슨 시한부 같은 소리인가 싶지만, 30대 후반의 돌싱에게 평범한 만남과 연애를 할 수 있는 기회는 이제 정말 얼마 남지 않았다고 느꼈다. 나이가 전부는 아닐 테지만, 나이를 빼놓고 만나는 것도 쉽지 않다는 걸 잘 아니까. 50대, 60대에 새로운 인연과 만남이 계속될 수는 있더라도 그 빈도와 정도는 지금과 분명 차이가 날 것이었다. 지금 할 수 있는 걸 최대한 지금 해 두자는 마음이 이 무렵의 나를 움직이게 하는 큰 원동력이었다.

동료들의 최대 관심사는 연상남 K와 연하남 T 중 누가 더 좋냐는 질문이었다. 우스운 건 정작 둘 중 누구에게도 고백을 받지 않았는데 말이다.

"에이, 차장님한테 마음이 없으면 절대 그렇게 행동할 리가 없다니까요. 이건 무조건이에요."

"맞아 맞아. 남자가 굳이 시간과 돈을 써 가며 일대일로 만난다? 말도 안 되는 거죠."

자칭 연애 박사들이 한두 마디씩 거들다 보면 점심시간은 이미 연상남 연하남 이야기로 끝나 있기 일쑤였다.

"차장님, 연하는 파워가 달라요."

"무슨, 이상한 소리 하지 마."

"아이참, 우리가 미성년자도 아니고, 이건 중요하다고요."

"난 남자를 만날 때 그런 기준은 전혀 안 중요해."

미국에서 오래 산 친한 후배는 여지껏 한 번도 연하랑 연애를 안 해 봤으니, 이참에 해 보라며 적극적으로 연하를 지지하는 쪽이었다. 반면 기혼자들은 그래도 안정적이고 능력 있는 연상남을 지지했다. 양쪽의 의견을 듣다 보면 둘 다 맞는 말 같아서 고개를 끄덕이다가도 아차, 쓸데없는 상상은 그만하자고 스스로 브레이크를 걸었다. 애초에 그 둘이 나에게 보이는 호감이 인간으로서인지 이성으로서인지도 알지 못하는 상황인데 혼자 설레발치는 건 좀 민망했다.

"그나저나 정말 차장님 인생이 더 드라마 같아요. 전 요즘 연애 프로그램보다 차장님 스토리가 더 기대돼요."

모두가 고개를 끄덕였다. 그때 느꼈다. 생각보다 사람들은 남의 연애에 관심이 아주 많다는 걸 그리고 내 삶이 생각보다 더 드라마틱하게 펼쳐지고 있다는 걸.

드라마나 연애 프로그램과 다른 점은 딱 하나였다. 상대방의 마음까지는 컨트롤할 수 없겠지만, 적어도 내 마음의 결과는 내가 만들어 갈 수 있다는 것. 그렇게 생각하니 내 인생이라는 이 드라마가 나 역시 흥미로워지기 시작했다.

친구의 생일 파티를 해 줬다

: 있는 그대로 솔직한 마음으로

종로 찻집에서 대화를 나누다가 문득 궁금해져서 K의 생일을 물어봤다.

"10월 30일요."

"응? 얼마 안 남았네요?"

"네, 괜히 물어봤다 싶죠? 혹시 몰라 미리 말해 두는데 선물 같은 건 사양할게요."

사 줄 생각도 없는데 왜 김칫국 마시냐고 농담을 했지만, 곧 생일이라는 걸 알았는데 아무것도 안 하고 지나가긴 아쉬웠다.

K와 친해지며 모임의 다른 사람들은 모르지만 나만 알게 된 이야기가 몇 개 있다. 그의 부모님은 두 분 다 돌아가셨고, 여동생은 결혼 후 부산에서 살고 있어서 1년에 한두 번만 만난다는 것도 알게 되었다. 그래서 생일에는 주로 뭘 하냐고 물어봤더니, 그런 게 있겠냐고 K가 웃으며 말했다. 그는 연애도 30대 이후 해 보지 않아서 오랫동안 여자 친구로부터 생일 축하를 받아 본 적이 없고 스스로 생일을 챙기지도 않았다고 했다.

K가 원래 그런 성격이라는 건 알고 있었지만, 그 이야기를 들으니 마음이 아팠다. 몰랐으면 모를까 생일을 알게 된 이상 작게라도 생일 파티를 해 주고 싶었다. 최근 반년간 가장 친하게 지내며 자주 연락하는 친구로서도 꼭 그렇게 하고 싶었다.

하지만 그는 평소 본인만의 확고한 취향이 있어서 아무거나 선물할 순 없었다. 선물보다는 그가 좋은 추억으로 삼을 만한 생일 파티를 열어 줘야겠다는 생각이 들었다. 나는 가족들과도 매년 생일 파티를 하고, 회사 동료들이 서프라이즈 파티도 열어 줬고, 전남편과 살았을 때도 생일은 늘 함께 축하했다. 그런 추억은 시간이 지나도 빛이 바래지 않고 가슴속에 남아 있었다. 그런 기억을 K에게도 만들어 주고 싶었다.

K의 생일을 앞둔 금요일 저녁에 마포역 근처 유명 갈빗집에 가기로 약속을 잡았다. 본인 생일에 별 관심이 없는 사람이니 내가 생일 축하 준비를 했다는 걸 모르고 있을 게 분명했다.

"여기 갈비 맛있죠? 여기는 특히 동치미국수가 별미예요. 국수에 갈비 한 점 올려 먹으면, 크으!"

"그러게요. 진짜 맛있네요. 국수만 리필해서 먹고 싶은 맛!"

둘 다 배불리 저녁을 먹은 뒤, K의 집에 가서 위스키를 마시기로 했다. 다른 모임 멤버 없이 단둘이 K의 집에 방문하는 건 처음이었다. 그래도 이제 와서 딱히 무슨 일이 생기지 않을 거라는 확신이 있어서 그의 집에 가는 게 무섭지 않았다.

"식기세척기가 생겼네요? 그렇게 고민하더니 결국 샀군요."

"네, 그동안 왜 안 샀나 싶을 만큼 너무 만족해요. 올해의 어워드에서 올해의 소비로 식기세척기를 꼽겠습니다."

K는 만족스러운 표정으로 웃어 보인 뒤, 화장실에 가느라 잠시 자리를 비웠다. 그 틈을 놓치지 않고 생일 파티를 위해 챙겨 온 해피 버스데이 가랜드를 거실 벽에 후다닥 매달았다. 그리고 주문 제작해서 가져온 레터링 미니 케이크에 생일 초를 꽂았다.

화장실에서 나온 K는 가랜드와 케이크를 보더니 눈을 휘둥그레 크게 떴다.

"와, 아니… 이게 다 뭐예요."

"뭐긴요, 생일 축하지! 서프라이즈로 준비했습니다, 후훗."

정말 예상하지 못했는지 K는 지금껏 본 그 어떤 때보다 놀라고 어쩔 줄 몰라 하는 표정을 지었다.

"그렇게 서 있지 말고 여기 앉아요. 이거 머리에 쓰고, 이것도 쓰시고요."

내가 건네준 파티용 고깔모자와 하트 선글라스를 보더니 역시 빵 터지며 웃었다. 쑥스러워하면서도 K는 시키는 대로 순순히 다 착용하고 자리에 앉았고, 나는 양초에 불을 붙이고 노래를 불렀다.

"생일 축~하~합니다. 생일 축~하~합니다. 사랑하는 K의~ 생일 축~하~합니다!"

노래가 끝나자 초를 후 불고 미소 짓는 그의 얼굴을 보니, 이번 서프라이즈 생일 파티는 대성공이구나 싶어서 뿌듯했다.

"진짜 고마워요. 이런 생일 파티 안 해 본 지 10년도 넘은 것 같은데…."

그 말에 마음이 조금 아렸다.

"그래요? 그럼 내가 앞으로 매년 축하해 줄게요. 원래 친구 생일 파티를 잘 챙기니까 부담 갖지 말고요. 대신 내년 내 생일도 K 님이 똑같이 축하해 주시면 됩니다."

농담을 섞어서 말했더니 K가 기꺼이 그러겠다면서, 내년 생일을 기대하라고 말했다. 내가 준비한 미니 케이크를 안주 삼아 위스키로 건배를 하고 한 시간 정도 술을 마시다 그의 집을 나섰다.

집으로 돌아가는 택시 안에서 K의 생일 파티 사진을 혼자 넘겨 보며 키득거리다가, 문득 그와 함께 있을 때 내가 있는 그대로 편안하다는 걸 깨달았다. 그와 있을 때 무리하지 않고 있는 그대로 솔직하게 말할 수 있다는 걸 알았다. 아마 내가 이렇게 바뀐 이유는 K가 정말 솔직한 사람이기 때문일 거다. 남의 비위를 맞추는 사람도 아니고, 자기 마음에 안 드는 일은 절대 하지 않는 그와 시간을 보내다 보니, 나 역시 굳이 무언가를 숨기거나 꾸미지 않고 있는 그대로 표현할 수 있게 되었다. 사귄 지 10년 넘은 친구 사이에서도 쉽지 않은 마음인데, 내가 그에게 이런 감정이 되었다는 게 신기했다.

무덤 친구 할래요, 나랑?

: 인생 두 번째 프러포즈를 받다

♡

T로부터 돌아오는 주말에 만나자는 연락이 왔다. 둘이 보는 두 번째 날이 될 거였다. 내가 아무리 눈치가 없어도 이날 어쩌면 고백할 수도 있겠구나 하는 느낌이 왔다.

고백을 받으면 나는 어떻게 할까. 지금 내게 선택지가 여럿 있는 건 아니었다. K와는 조금 달라진 관계를 느끼고 있을 뿐, 여전히 그와 연애를 할 수 있을 거라는 확신은 들지 않았다. 40년 넘게 사랑을 느껴 본 적 없는 남자가 나를 사랑할 확률 따위 생각해 보지도 않았고, 그 마음을 바꾸겠다며 내가 먼저 K에게 다가갈 생각 역시 들지 않았다. 나는 사랑과 연애에 관해

선 늘 남자가 먼저 고백해야 한다는 고리타분한 가치관을 가진 편이고, 그 생각은 지금도 변함이 없었다.

"주말에도 글 쓰러 카페 가요?"

K로부터 톡이 왔다.

"네, 그래야죠."

"그럼 우리 동네에 와서 같이 작업하다가 저녁 먹을래요? 나도 이번 주는 내 회사 일 해야 돼서."

K 역시 사이드 프로젝트로 하고 있는 일이 점점 바빠지며, 주말에 만나서 모각작(모여서 각자 작업)을 하는 빈도가 늘어나고 있었다.

"T 님에게 주말에 둘이 만나자고 연락이 왔어요."

카페에서 함께 일을 하던 중 내가 말을 꺼냈다. K가 나를 바라보더니 싱긋 웃으며 "T가 드디어 말하려나 보네요. 잘 만나고 와요."라고 했다.

"생각보다 빨리 고백하는 것 같긴 하네요. K 님하고 같이 크리스마스는 못 보내겠어요." 하고 농담을 건넸다.

"괜찮아요. 내년에 같이 보내면 되죠. 전 J 님하고 오래오래 평생 갈 생각을 하고 있어요."

"내가 T 님이랑 연애하다 언젠가 헤어질 거라는 걸 전제로 한 거예요?"

"아, 말하고 보니 그렇게 되네요. 물론 T랑 계속 잘 만나고 결혼하고 그럴 수도 있겠죠? 그럼 정말 축하할 일이고요."

3시간 정도 각자 할 일을 마친 뒤 저녁을 먹을 때 우리가 친해진 계기에 대한 이야기가 나왔다. 신기했던 건 둘 다 제주 여행 이후라고 느끼고 있었다는 거다. K는 그때 차로 이동하며 내가 한 말에 많이 놀랐다고 고백했다. 유교 걸이라고만 생각한 J 님이 섹스에 대한 소재를 꺼내서 순간 어떻게 답해야 할지 당황했다면서 "FWB 같은 얘기를 했다간 J 님이 저를 쓰레기로 볼까 봐 망설였어요." 하고 웃으며 말했다.

나는 "앗, 그건 걱정 안 하셔도 될 것 같아요. 그 전에도 그렇게 봤거든요."라고 농담으로 받아쳤고 함께 웃었다.

나 역시 그때 K와 대화를 나눈 뒤 남녀 관계의 다양성에 대해 생각이 확장되었고, 차 안에서 나눈 얘기들 덕분에 그와 가까워졌다고 느꼈다. 둘 다 비슷한 생각을 하고 있었다는 게 신기했다.

저녁을 먹은 뒤 2차로 위스키 바에 가서 술을 마시며 문득 지난번 올해의 어워드에서 K가 말하지 않았던 항목이 생각났다.

"K 님, 저 혹시 T랑 사귀게 되면 못 듣게 될까 봐 궁금해서 그러는데요. 그때 말 안 해 주셨던 올해의 망상은 뭐였어요?"

"아, 그거요? J 님하고 관련 있는 거라서 창피해서 말 못 했어요."

"그러니까 더 궁금하잖아요!"

"만약 내가… J 님과 평범하게 연애하고 결혼해서 같이 살면 어떨까, 생각을 해 봤어요."

예상하지 못한 대답이다.

그게 왜 망상이냐고, 그냥 상상 아니냐고 했더니, 절대 일어날 일 없는 일이니까 자기한테는 망상이라고 K가 말했다.

"생각해 보니까 어땠어요? 가능할 것 같아요?" 내가 묻자 "안 될 것 같더라고요. 그래서 망상으로 끝났어요." 그가 고개를 저으며 대답했다. 나 역시 그런 생각을 해 봤다며, 같이 실버타운에 입주해서 옆집에 사는 상상이었다고 하며 함께 웃었다.

두 번째 잔을 마시며 의식의 흐름대로 대화를 나누다가 이번엔 K가 내게 물었다. 결혼을 다시는 안 하려고 하는 가장 큰 이유가 뭐냐는 질문이었다. 잠시 생각한 뒤 말했다.

"챙겨야 할 가족이 늘어난다는 것, 가족으로 인해 나만을 위해 사는 삶을 일부는 포기할 수밖에 없다는 것 그리고 무엇보다도… 평생 함께할 거라 믿은 사람에게 배신당하는 상처를 다시는 입고 싶지 않아서예요."

위스키 잔을 살짝 흔들며 말을 이었다.

"K 님, 저는요… 전남편과 결혼할 때 정말 여러 가지를 고려하며 평생 잘 지낼 수 있을 것 같은 사람과 결혼했어요. 그런데도 이런 일이 벌어졌잖아요? 그래서 이제 누군가에게 그 정도 신뢰를 주면서 다시 결혼할 수는 없을 것 같아요."

이렇게 말하고 문득 어떤 생각이 떠올랐다.

"제 꿈 중에 하나가 남편과 계속 잘 지내며 70대쯤 주변에서 모두 부러워하는, 타의 모범이 되는 멋진 노부부가 되는 거였거든요. 전 정말 그게 가능할 거라고 믿었어요."

K는 고개를 끄덕이며 가만히 듣고 있다가 다시 내게 물었다. 반대로 이제 배우자가 없어서 아쉬운 점은 뭐냐고. 이렇게 적극적으로 여러 질문을 하는 K를 조금 낯설면서도 신기해하며 나도 다시 답했다.

"가장 큰 건 평생 친구가 사라진 거예요. 매일매일 사소한 일도 공유하고 함께 웃고 함께 화내 주는 친구가 없다는 거요.

좋은 일이 생겨도 그날 바로 축하해 줄 친구가 곁에 없다는 게 좀… 아쉽더라고요."

그 뒤에 K가 나지막이 이야기를 꺼냈다.

"만약 J 님이 연애를 몇 번 더 하고… 이제 연애는 더 안 해도 되겠다 싶으면 나한테 돌아와서 같이 그런 친구로 살아요. 평생 그렇게 살아요 우리."

…뭐지? 갑작스러웠으나 순간 빠르게 생각했다.

"지금 이거 프러포즈하는 거예요? 다른 의미의 프러포즈?"

"아, 이게 프러포즈예요?"

"결혼하자거나 사귀자는 말은 아니지만, 평생 함께하자는 제안이니까요."

"아, 맞네요. 그런 의미에선 프러포즈 맞아요."

"당신, 조심해! 내가 이런 말 듣고 오해해서 심쿵하면 어쩌려고 해."라고 장난스럽게 말했더니 K도 함께 웃었다.

나중에 그런 관계가 되면 그날그날의 사소한 일들을 전화로 말해도 되냐고 물었더니, 그때는 그냥 서로 옆집이나 아랫집에 살며 매일 보지 않겠냐고 그가 말했다.

"K 님, 만약 그렇게 나랑 평생 친구 하면 진짜 평생 운 다 끌어다 쓰는 건데, 럭키 가이네요."

다시 농담을 섞어서 말했더니 K가 진지한 얼굴로 대답했다.

"맞아요. 원래도 운이 좋은 편이라고 생각했는데, J 님을 만난 후엔 정말 운이 좋다고 생각하고 있어요. 나중에 그런 식으로 살 수 있다면 정말 감사하고 행운이라고 생각해요."

술잔이 거의 비어 갈 무렵, K가 다시 나를 바라보며 묻는다.

"그럼 나랑 무덤 친구 하는 건 받아들이는 거예요?"

그의 눈동자를 보니 진심이었다.

"응, 그래요. 나도 좋아요. 내가 어르신 무덤 친구 해 드릴게요."

그의 표정이 밝아졌다.

"그렇게 된다면 정말 너무 행복한 일이죠. 평생 혼자 쓸쓸히 늙어 갈 거라 생각했는데."

내 인생 두 번째로 받은 이상한 프러포즈.

평생 친구가 되자는 고백이 이렇게 슬프게 느껴질 줄은 몰랐다.

J 님한테 마음 있어요, 알잖아요

: 이혼 후 두 번째 고백을 받다

☀

"토요일에 지난번에 말한 송리단길 맛집 갈래요?"

T는 이태원에서 함께 버거를 먹은 날 이후 꾸준히 연락을 해 왔다. 그의 적극적인 연락과 데이트 신청. 그래, 나도 안다. 이건 분명 나한테 직진하고 있는 거라는 걸. K와 상담했을 때도, 주변 친구들과 얘기했을 때도 그 정도 괜찮은 사람이면 일단 만나 보라는 의견이 지배적이었다.

하지만 나에겐 아직 해결하지 못한 문제가 있었다. 내가 돌싱이라는 걸 T가 아직 모른다는 사실이었다. 그래서 T가 고백을 하면 이혼 사실을 바로 밝혀서 그의 마음에 브레이크를 걸 생각이었다. 내가 이혼녀라는 걸 알게 되면 그의 생각이 바뀔 수도 있으니까.

"좋아요! 저 가 보고 싶었어요."

토요일 점심쯤 잠실역 근처 카페에 T가 먼저 도착해 있었다. 카페에 도착해서 T를 찾았는데, 그날의 T는 평소와 조금 달랐다. 그는 늘 티셔츠에 청바지를 입는 편이었는데, 이날은 짙은 남색 니트에 검은색 슬랙스를 입고 앉아 있었다. 옷차림이 달라지니 느낌이 사뭇 달랐다.

"멀리 오느라 힘들었죠? 밥 먹으러 가요. 배고프네요."

송리단길에 유명한 피자집이 있다기에 그곳으로 향했다. 내부가 힙한 느낌의 미국 현지 분위기가 물씬 풍겨서 인기가 많은 이유를 알 것 같았다. 10분 정도 짧게 기다리고 매장에 들어갔다. T와 단둘이 만나 대화하는 건 이번이 세 번째인데, 그와의 대화는 늘 즐거웠다. 책이라는 공통분모가 있기도 했고, 업종도 비슷해서 회사에서의 일을 얘기할 때도 서로 척하면 척이었다.

"F 성향인데 연구원으로 살기 쉽지 않겠는데요?"

"아, 저는 회사에선 완전 T 모드로 일해요. 이렇게 웃는 것도 모임 사람들 앞에서나 그렇지, 회사에서 일할 때는 무표정하다고요."

"하긴 우리 회사 연구원들도 대부분 그렇더라고요. 남자들밖에 없으니 더 그런 것도 같고."

무표정한 얼굴이 상상이 안 될 만큼 T는 늘 수줍게 웃는 모습이었다.

점심을 먹은 뒤 날이 좋아서 함께 석촌호수길을 걸었다. 롯데월드를 지나며 놀이기구를 잘 타는지 묻기도 하고, 롯데월드몰 앞에 설치된 회전목마 앞에서 서로 사진을 찍어 주기도 했다.

"아, 우리 전시회 보러 갈래요? 여기서 좀 걷긴 해야 하는데 올림픽공원 내 소마미술관에서 하는 전시회 티켓 있어요."

어디를 갈까 고민하다가 이번에도 내가 먼저 제안했다. T 역시 전시회 보는 걸 좋아해서 기분 좋게 함께 걸어갔다. 전시관은 주말이라 좀 붐볐지만, 그래도 예술의전당처럼 사람들이 엄청나게 몰리는 곳은 아니라서 충분히 여유롭게 전시를 구경할 수 있었다.

전시까지 다 보고 나오니 오후 5시 반쯤이었다. 커피를 마시기도, 저녁을 먹기도 좀 애매한 시간이었는데, T가 먼저 말을 꺼냈다.

"배 많이 안 고프면 닭꼬치나 탕 종류 시켜서 술 한잔할까요?"

"오, 좋아요. 이 근처에 회사 건물들이 많아서 괜찮은 술집도 많을 거예요."

검색해 보니 멀지 않은 곳에 문을 연 곳이 있었다. 홀 테이블뿐만 아니라 2인 룸, 4인 룸 등 다양한 룸도 마련되어 있는 꽤 큰 규모의 술집이었다. 2인 룸을 이용하려면 최소 4만 원 이상 주문해야 한다고 했는데, 성인 둘이 안주와 술을 시키면 그 정도는 충분히 나올 것 같아서 룸으로 달라고 말했다.

"여기 괜찮네요. 시끄럽지 않고 둘이 대화 나누기도 좋고."

나이가 들수록 사람이 많은 곳을 피하게 되는 건 같은 마음인지 T 역시 고개를 끄덕이며 맞장구를 쳤다.

하이볼과 두 가지 안주를 먹으며 이런저런 얘기를 나누다가 T가 나를 바라보며 말했다.

"아까 밥 먹을 때 뭔가 말하려다가 안 한 거 있잖아요…."

피자집에서 우리가 처음 만난 예술의전당 때 얘기를 나누었다. 그날 우리 둘이서는 거의 대화를 안 나눴는데, 지금은 이렇게 친해져서 신기하다는 말을 했더니 T가 "아, 그건 사실… 아, 아니에요." 하며 말을 하다 말았다.

"아까 하려던 말이요… 사실 J 님이 제 이상형이라 제대로 못 쳐다봤어요."

응? 지금 갑자기? 너무 예상치 못한 타이밍과 대사라서 당황스러웠다.

"처음 만나서 저한테 말 걸었을 때부터 목소리랑 얼굴 모두 태어나서 처음 만나 본 이상형이었거든요. 그래서 원래 제가 그렇진 않은데, 그날은 특히 뚝딱거렸어요."

"뭐라고 반응해야 할지 모르겠네요."

"알고 있었잖아요. 내가 J 님한테 마음 있는 거."

나를 똑바로 바라보며 진지하게 말하는 T를 보니 괜히 더 가슴이 두근거렸다.

"알고… 있었죠. 몰랐다고 하면 솔직히 너무 내숭이지."

"응, 그래서 오늘 데이트 신청했는데 나와 줘서 난 좀 기대하고 있어요."

T가 이렇게나 직진하는 사람이었나 당황스러울 정도였다. 워낙 순하고 상대방에게 다 맞춰 주는 성향이라고 생각했는데, 마음먹은 일을 할 때는 상당히 남자답다는 생각이 들었다.

"특히 지난번 한강 번개 때 J 님이 입은 옷이 완전 취향 저격이라 그때부터 진지하게 좋아했어요."

그날 무슨 옷을 입었는지 곰씹어 생각해 봤지만, 바로 떠오르지 않았다.

"물론 그 전에도 이상형이고 호감은 있었어요. 그런데 내가 사귈 수 있을 거란 생각은 안 했거든요."

왜 그렇게 생각했냐고 묻자, T는 웃으면서 J 님을 좋아하는 남자들이 이미 많아서 그렇다고 대답했다. 그런 사람 없다고, 나에게 고백한 사람도 그동안 없었다고 고개를 저었다.

"그건 J 님이 하도 철벽을 쳐서 남자들이 말을 안 하고 있는 것뿐이죠. 내가 알고 있는 것만 해도 셋이에요. 나까지 하면 넷이네요."

전혀 몰랐던 이야기에 당황했지만, 어차피 지금 중요한 건 그게 아니었다.

"이러다가는 선수를 빼앗길 것 같아서 좀 이르지만 말하려고요."

내 눈을 쳐다보며 T가 말을 이었다.

"저 J 님 좋아해요."

두근거림도 잠시, 내 눈동자를 똑바로 바라보는 그를 보니 나 역시 이제 준비한 말을 해야겠다는 생각이 들었다.

"저 오늘 왠지 T 님이 고백하지 않을까 예상하고 나온 거 맞아요. 그래서 오늘 고백받으면 나도 이 고백을 꼭 해야겠다고 생각하고 있었어요."

하이볼을 한 모금 마시고 침을 꿀꺽 삼킨 뒤, T에게 말했다.

"내가 그동안 모임에서 확고하게 비혼 주의라고, 연애 생각도 없다고 말했던 거 알죠?"

T가 고개를 끄덕였다. 그것 때문에 정말 심하게 철벽을 친다고 생각했다고.

"이유가 있어요. 내가 사실은 결혼을 한 번 했어요."

이혼 사실을 밝히며 T를 계속 바라봤는데, 생각보다 T의 눈동자는 흔들리지 않았다. 별로 놀라지 않은 표정으로 T가 말했다.

"어느 정도 예상하고 있었어요."

"네? 예상했다고요?"

"네, 비혼 주의라고 확실하게 말하고 오래 만났던 남자랑 헤어지면서 연애도 안 하게 됐다고 하는 거 보고, 왠지 최소 파혼을 했거나 이혼했을 수도 있겠구나 생각했어요. 그런데 난… 그거 다 상관없어요."

예상치 못한 반응에 오히려 내가 당황해 버렸다.

"왜 상관이 없어요? T 님은 결혼도 원하고, 아이도 낳고 싶어 하잖아요. 난 그 두 가지 다 안 할 거예요."

"응, 둘 다 하고 싶은 마음이 있는 건 사실이지만, 그 둘 모두 좋아하는 사람과 하고 싶은 거잖아요. 그게 우선이죠. 내가 지금 J 님을 좋아해요."

순간 여러 생각이 들었다. 그냥 일단 뱉고 보는 말일까, 아니면 정말 진지하게 오래 생각하고 하는 말일까.

"자, 이제 내 고백을 거절할 이유는 다 나온 거예요? 그 외에 나랑 사귀기 싫은 이유는 없어요?"

어쨌든 내가 꺼내 보일 수 있는 패는 다 꺼낸 셈이었다. T에게 대답을 해야 했다.

"…좋아요. 그럼 우리 사귀어 봐요."

그래, 이렇게 된 이상 사귀어 보는 수밖에 없다는 생각이 들었다. T에게 마음이 완전히 움직였냐 하면 아직 그렇진 않았다. 선한 사람이고, 함께 있을 때 기분 좋았다. 그리고 나의 상황에 대해서도 완전히 이해하고 있다. 이 정도면 그래도 한 발자국 앞으로 나아가도 되지 않을까? 감정이란 상황이 먼저 벌어진 후 따라오기도 하는 법이다. T와 연애를 시작하면, 오늘 하루 만에도 새로운 모습을 많이 발견했듯이 계속 새로운 T를 발견해 갈 수 있을 거란 예감이 들었다. 그 과정에서 지금의 잔잔한 마음이 조금씩 움직이면서 그를 좋아하는 마음도 커지지 않을까 기대했다.

비슷한 상황을 겪게 될 누군가에게
조금이라도 도움이 되고 싶었다.
이혼의 끝이 꼭 불행만 있는 건
아니라고, 이혼을 선택해도
잘 살아갈 수 있다고 말하고 싶었다.
내 글이 유명해진다 한들
그런 내 마음은 변하지 않을 거였다.

4부

이 겨울, 다시 사랑할 용기를

LOVE AGAIN

연애가 끝나면 말해 줘요

: 축하해요, 잘됐어요, 정말

T에게 고백을 받은 뒤, 바로 K와의 관계를 정리해야겠다고 생각했다.

K에게 주말에 만나자고 연락했다. 뭐라고 말을 꺼내면 좋을까. 이런 생각을 하는 것도 왠지 조금 이상했다. K와 연애를 한 건 아니지만, 서로 친구라고만 정의하기 어려운 감정으로 만난 건 사실이었다. 내 인생 두 번째 프러포즈를 한 사람이기도 했지만, 사귀자는 고백이 아니라 친구로서의 고백이었다. 누구에게도 말하기 힘든 이 모호한 감정은 결국 어떤 한 단어나 관계로 규정되지 않았고, 정리해야만 했다.

"K 님, 저 어제 T에게 고백받았어요. 좋아한다고 하더라고요. T와 사귈 생각이에요. 그러니 우리가 아무리 친구 사이여도, 둘이 만나는 건 이제 안 하는 게 좋을 것 같아요."

K와 저녁을 먹으며 말을 꺼냈다. 그는 그렇게 놀랍지 않다는 표정으로 나를 바라보더니 싱긋 웃으며 말했다.

"응, 그게 좋죠. J 님이 T랑 사귀게 되었다는 말을 오늘 할 것 같았어요."

그가 가방에서 포장된 선물을 꺼내 내게 건넸다. 그가 준 상자를 받아 들고 그를 바라보았다.

"당분간… 최소 몇 개월은 J 님을 못 보게 될 것 같았어요. 그런데 J 님에게 크리스마스 선물로 주고 싶은 게 있었거든요."

크리스마스는 아직 한 달도 더 남아 있었다. 무슨 선물인지 궁금해서 바로 풀어 봤는데, 상자 안에는 예쁜 목걸이가 들어 있었다.

"아니… 이런 걸 주면 어떡해요. 난 뭐 준비한 것도 없는데."

"괜찮아요. 지난번에 생일 파티 해 줬잖아요. 그게 훨씬 크죠. 목걸이, 괜찮으면 지금 해 볼래요? 마음에 안 들면 바꿔야 하니까."

한눈에 봐도 너무 마음에 드는 예쁜 목걸이라 바꿀 일은 없겠지만, 그에게 목걸이를 한 모습을 보여 주고 싶어서 그 자리에서 바로 걸어 봤다.

"응, 예쁘다. 잘 어울려요. J 님은 마음에 들어요?"

"너무너무요. 정말 고마워요."

내가 기쁘게 선물을 받자, K도 다행이라며 씨익 웃어 보였다.

식사를 마칠 무렵 K가 잠시 망설이다 말했다.

"T랑 물론 계속 잘 사귀면 좋겠지만, 혹시 헤어지게 되면… 연애가 끝나면 말해 줘요. 그때는 다시 친구로 볼 수 있도록, 꼭 연락 주면 좋겠어요."

그의 눈동자가 작게 흔들렸다. 조금은 젖어 있는 것처럼 느껴지기도 했지만, 어쩌면 내가 그랬던 걸지도 모르겠다. 그러겠다는 의미로 고개를 끄덕였지만, 과연 정말 그럴 수 있을지 잘 모르겠다. 그사이 K에게 진짜 사랑이 나타날 수도 있고, 또 다른 평생 친구 하고 싶은 사람이 나타날 수도 있다.

아니, 그보다도 내가 T와 헤어질 생각이 없었다. 헤어짐을 전제로 사귀기 시작한다는 건 말이 되지 않으니까. 하지만 K

앞에서 "안 헤어질 건데요? 아마 평생 연락할 일 없을지도 모르겠네요."라고 할 정도로 영원한 사랑을 믿을 리도 없었다. 과거에도, 지금도, 내가 확신할 수 있는 하나의 진실은 살다 보면 어떠한 일도 다 일어날 수 있다는 것뿐이니까.

K와 인사를 하고 집으로 향했다. 우리의 정의할 수 없던 관계를 정리하고 돌아오는 그 길에 쌀쌀해진 바람이 불어와 옷깃을 살짝 여몄다.

이제 가을도 끝나고 겨울이구나.

봄에 처음 만나 여름을 즐겁게 보낼 때까지만 해도 K와 나는 친구였다. 하지만 이 가을의 끝자락에 서 있는 우리들은 분명 그냥 친구는 아니었다. 그렇지만 둘 다 한 발짝 더 나아갈 용기는 내지 못했다. K는 여전히 사랑이라는 감정을 자기 안에서 발견하지 못했고, 난 여전히 먼저 마음을 꺼낼 용기를 내지 못했다. 아직도 사랑에 겁이 나서 날 먼저 좋아해 주는, 마음을 한껏 보여 주는 사람과 만나기로 선택한 거다.

T가 좋았다. 내가 그동안 만났던 사람들처럼 순수하게 날 좋아해 주는, 선량하고 다정한 사람이다. 아직 내 마음이 그에

게 백 퍼센트 다 열려 있진 않지만, 분명 연애를 하다 보면 점차 좋아하는 마음이 사랑으로 바뀌겠지, 평범하고 행복한 연애를 다시 시작할 수 있겠지, 그렇게 생각했다.

K를 사랑이라 부를 수 없었고, 아직 내 마음속 사랑은 형태를 갖추지 못했다. 그렇지만 분명 어떤 마음이 내 안에서 서서히 피어나고 있었고, 그 마음이 T를 향해 꽃피우길 진심으로 바랐다.

연애의 단맛, 쓴맛, 매운맛

: 다정한 남자 친구를 만나다

T와의 연애는 달콤했다. 예상대로 그는 이보다 더 다정할 수 없는 남자 친구였다. 연애를 시작하기 전 그의 MBTI가 ISFJ라고 들은 적이 있다. 대표적인 다정다감한 성향이라고 하던데 과연 그랬다.

아침에는 출근 잘했는지 물어보고, 회사에서 나오는 요거트와 바나나를 먹고 있다며 사진을 찍어서 공유해 줬다. 점심 메뉴는 뭔지 물어봐 주었고, 퇴근 후 집에 가서 뭘 할 건지 묻지 않아도 늘 먼저 말해 줬다. 그리고 잠들기 전 한 시간 동안 통화를 하며 하루를 마쳤다.

그림으로 그린 듯 모범적이고 이상적인 연인의 하루. 이 생활 루틴을 너무 오랜만에 하니까 '이게 맞나?' 헷갈릴 지경이었다. 그도 그럴 게 내가 한 마지막 연애는 전남편과 했던 8년 전 연애니까. 8년 사이에 연인들이 하는 행동이 달라지진 않은 것 같아서 다행이었다.

T는 모범적인 사람이었다. 내가 회사에서 제일 바쁜 시즌이라 야근이 많았는데, 그걸 알고 늘 배려해 줬고, 약속 장소도 나를 먼저 배려해서 정했다. 그런 그의 마음이 고맙고 미안해서 어떤 날은 일이 남았는데도 내일 새벽에 출근해서 처리하자 생각하고 그를 만나러 칼퇴하기도 했다.

연하의 남자 친구라서 다른 점은 별로 없었지만, 체력은 우려했던 대로 차이가 났다. 나 역시 또래 중에 놀라운 체력을 자랑하는 사람이었지만, 그는 연하인 데다가 거의 매일 운동을 하는 사람이라 감히 체력으로 상대가 되지 않았다. 그래서 평일 저녁 데이트를 할 때는 대화를 하다가 나도 모르게 눈이 감겨서 미안해지는 경우도 종종 있었다. 그렇지만 그럴 때에도 T는 피곤할 텐데 자기가 붙잡고 있었다며 얼른 들어가자고 말하곤 했다.

사귄 지 한 달이 됐을 무렵 서로의 집에 놀러 가게 되었다. 키스를 하고 포옹을 하는 단계까지 진전되다 보니 '아, 왠지 다음에 만나게 되면 섹스를 하겠구나' 싶었다. 너무 오랜만이라 머릿속으로 상상을 해 봤는데, 왜인지 두근거리거나 설레지 않았다. T는 운동을 열심히 한 매력적인 몸을 가지고 있었고, 충분히 여자들을 설레게 할 만한 사람이었는데도 왜인지 가슴이 뛰질 않았다.

그 순간 내 감정이 뭔가 이상하다는 걸 느꼈다.

T를 좋아한다. 그건 분명했다. 그를 사랑하느냐면 그건 아니었다. 하지만 문제가 된다고 생각하지 않았다. 사귄 지 겨우 한 달 만에 사랑을 느끼지 못할 수도 있으니까. 그러나 사랑이 아니더라도 연애 한 달 만에 설레지 않는 건 뭔가 이상했다.

곰곰이 T에게 고백을 받고 사귀기로 했을 때를 돌이켜 보았다. 아, 그때는 분명 설렘을 느꼈다. 그런데 그건 T를 좋아해서가 아니라, 누군가와 다시 썸을 타고 연애를 시작하는 말랑한 감정에서 오는 설렘이었던 거다.

그걸 깨닫자 갑자기 나 자신이 너무 바보 같고, T에게 한없이 미안했다.

'내가 지금 뭘 하고 있는 거지? 그 마음이 T로 인해서가 아니라 상황에서 나온 마음이었다고? 그럼 T에게 내가 얼마나 몹쓸 짓을 하고 있는 거지?'

당황스러웠다. 아무리 8년 만에 하는 연애라고 하더라도, 이렇게 내 감정에 서툴다니. 누구보다 자신의 감정에 민감하고 솔직하다고 자신했는데, 어떻게 이런 실수를 한 걸까. 당황스러웠다.

T는 사귀기 전에도 느꼈지만 역시나 착하고 좋은 남자 친구였다. 하지만 왜 내 마음은 거기서 더 움직이지 않는 걸까.

결혼 전 한창 연애를 하던 때의 나는 상대방에게 한껏 마음을 주고 마음껏 사랑하는 사람이었다. 그런데 왜 T와의 연애는 시작한 지 몇 주 되지도 않았는데 이렇게나 건조한 걸까.

내 마음이 뭔가 달라졌음을 T도 느꼈는지, 그는 데이트 중에도 때때로 K와 내 사이에 대해 묻곤 했다.

"사실… 누나가 K 형이랑 사귄다고 생각했어."

"그래? 다른 분들도 그 말 많이 하시던데. 친하긴 하지. 그분하고 술도 종종 마셨고."

"그거 이상으로 뭐랄까… 둘만 통하는 뭔가가 있는 것처럼 보였거든."

역시 T는 눈치가 빨랐다. 하지만 K와 사귀거나 썸을 타지 않았던 건 사실이었다. 그리고 우리 사이에 있었던 일을 모두 말하는 건 불필요하다고 생각했다.

T의 우려는 충분히 그럴 만하다고 느꼈고, 그가 더 이상 걱정하지 않도록 T에게 더욱 적극적으로 애정 표현을 하는 게 좋겠단 생각이 들었다.

아침에 먼저 연락하고, 주말 데이트 약속도 먼저 잡았다. 그의 집 앞에 놀러 가서 데이트하고 키스를 하다 헤어지고, 밤에 하는 통화에서도 좋아한다는 말을 더 많이 하면서 애정을 쌓으려 노력했다. 그의 불안감을 해소시켜 주는 동시에 나 역시 더욱 T에게 마음을 주려고 애썼던 거다.

하지만 애초에 노력으로 애정을 키우는 건 쉽지 않았다. 내 노력과 별개로 T가 가진 찜찜한 기분은 크게 나아지지 않는 듯 보였고, 나 역시 계속 이렇게 하는 게 맞을까 의심이 들기 시작했다. 이 연애가 오래가지 못할 것 같은 느낌을 이때부터 받았다.

웃음이 사라진 순간, 감정이 메마른 순간

: 진심으로… 미안해요

"그런 마음으로 누구 만나지 마. 다시는."

그렇게 말하는 T의 표정은 그동안 내가 알던 그가 아니었다.

T에 대한 내 마음이 연애 감정이 아니었다는 걸 깨달은 후, 더 이상 시간을 끌면 안 된다고 생각했다. 그는 나 말고도 다른 좋은 여자를 얼마든지 만날 수 있는 사람이니까.

그리고 느낌상 그와 다음에 만나면 섹스를 하게 될 것 같았는데, 가능하면 그 전에 헤어지는 게 좋겠다는 생각이 들었다. 더 깊은 관계가 되기 전에 끝내는 게 그가 마음을 정리하는 데도 더 좋을 것 같았다.

사귄 지 겨우 한 달 남짓. 그 정도라면 T도 큰 상처 없이 정리할 수 있겠지 싶었다.

헤어지자고 말하고 T에게 진심을 다해 사과한 뒤, 더 이상 3040 모임에 나가지 않기로 결심했다. 모임에서 좋은 분들을 많이 사귀었지만 그래도 그게 맞다고 생각했다. 역시 이런 모임에서 함부로 연애를 시작하면 안 되는 거였는데. 원래도 연애하다 헤어지게 되면 나갈 각오를 했지만, 실제로 이런 상황이 되고 보니 아쉬운 마음은 있었다. 20대 때부터 수없이 겪어본 패턴인데, 이건 시간이 지나도 변하지 않는구나 싶어서 조금 허탈하기도 했다.

그에게 이별을 말하기로 결심한 12월 주말 저녁이 되었다. 조용한 장소에서 말하고 싶었지만, 연말이라 모든 가게가 사람으로 가득했다. 그렇다고 이 추운 날씨에 밖에서 말할 수는 없는 노릇이니, 좀 시끄럽긴 하지만 호프집에 들어가서 맥주를 한 잔씩 주문한 뒤 말을 꺼냈다.

"미안, 우리 헤어지자."

내 말이 끝나기 무섭게 웃고 있던 T의 표정이 차갑게 식었다. 왜냐고 짧게 묻는 그에게 있는 그대로의 진심을 말했다. 내가 널 좋아하는 마음이 연인으로서는 아닌 것 같다고. 설레는 마음이 아니라고. 미안하다고.

내 말을 들은 T의 표정은 더 싸늘하게 식어 갔다. 처음 보는 표정이었다.

"…내가 모를 거라고 생각했어? 누나는 처음부터 그랬어."

그동안 T에게서 들어 본 적 없는 약간은 비아냥대는 말투였다. 어쩌면 그렇지 않았는데도 내가 그렇게 느꼈는지도 모르겠다.

"처음부터 날 아주 좋아하는 건 아니란 거 알고 있었지만, 내가 누나를 좋아하니까 상관없다고 생각했어. 그렇지만 사귄지 한 달도 안 되었는데 점점 나를 대하는 모습에서 애정이 안 느껴지는 걸 알고, 내가 얼마나 자존심 상했는지 알아?"

T의 말에 반박할 수 없었다. 눈치가 빠른 편인 그가 그렇게 느낀 게 당연했다.

"K 형과의 사이도 계속 이상했어. 둘은 사귄 게 아니라고 하지만, 글쎄… 적어도 나와 대화할 때보다 K 형이랑 대화할 때 누나가 훨씬 생기 있어 보인 건 사실이야. 그래도 어쨌든 나랑 사귀기로 했으니까 그 표정을 언젠가는 나한테도 보여 줄 거라고 생각했는데, 내 착각이었네."

T가 말하는 동안 그의 눈동자를 계속 바라봤다. 차마 미안해서 얼굴을 보지 못할 기분이었지만, 그럼에도 바라봐야 한다고 생각했다. 그를 똑바로 바라보며 진심으로 그가 하는 원망의 말을 다 듣고 사과해야 한다고 생각했으니까.

"누나가 이혼했던 거, 난 상관없었어. 하지만 이런 식으로 누구 만나지 마. 다시는. 누나는 연애할 자격 없어."

나는 아무 말도 하지 못했다. 그의 말이 비수처럼 내게 꽂혀도 이건 내가 자초한 나의 잘못이니까. 차갑게 마지막 말까지 마친 T는 바로 자리에서 일어나 밖으로 나갔다. 난 가만히 자리에 앉아 맥주잔을 멍하니 바라보고 있었다.

그렇게 30분 정도 흘렀을까. 정신을 차리고 계산을 한 뒤 밖으로 나왔다. 12월의 차가운 겨울바람에 머리카락이 순간 흩날렸다. 목도리를 하고 나왔어야 했는데. 그럴 정신은 없었다. 연말 분위기가 가득한 연남동 거리는 즐거워 보이는 사람들로 북적였다. 하지만 나는 역으로 걸어가는 내내 웃을 수 없었다.

이별의 말을 들은 그의 반응은 예상과는 달랐지만, 어쨌든 그에게 그저 미안했다. 언젠가 좋아하게 되겠지 하는 가벼운 마음으로 연애를 시작하면 안 되는 거였다.

연애할 자격이 없다는 그 말이 계속 귓가를 맴돌았다.

브런치북 수상을 축하합니다

: 약간 쑥스럽지만 오랜만입니다

☎

T와 이별 후, 얼마 지나지 않아 모임 단톡방에서 내보내졌다. 모임 멤버에게 연락해 보지 않아서 어떤 이유인지는 정확히 알 수 없었지만 '아, 내가 아주 나쁜 년으로 소문이 났구나.' 하는 느낌이 들었다. 충분히 그럴 수 있을 거라 생각했기에 놀랍지는 않았다. T에게 나쁜 짓을 한 게 사실이라 억울하지도 않았다.

모임에서 좋은 사람들을 많이 만났기에 이제 그들과 연락할 일이 없을 거라 생각하니 약간은 아쉬웠다. 하지만 애초에 타인에게 크게 정을 붙이는 성격이 아니라 '그럴 수도 있지,

뭐.' 생각하고 말았다. 오래 연락하며 계속 좋은 친구로 지내고 싶은 사람들도 있긴 했지만, 이 상황에서 굳이 그럴 필요는 없겠다는 생각이 들었다.

12월은 늘 회사 일이 가장 바쁜 시기였고, 누군가를 생각하거나 만날 여유가 없기도 했다. 그렇지만 그때 내 머릿속에 단 한 명, K는 떠올랐다. 그와 마지막 인사를 했을 때 그가 했던 말 때문이다.

"T랑 헤어지게 되면, 연애가 끝나면 말해 줘요. 그때는 꼭 연락 주면 좋겠어요."

K의 그 말은 진심이었고, 나 역시 K와의 약속을 지켜야겠다고 생각했지만 갑자기 연락하기는 조금 민망했다.

그런 생각을 하며 바쁘게 본업인 회사 생활과 브런치 작가 생활을 병행하던 중 한 통의 메일을 받았다. 브런치스토리 계정과 연결된 메일 주소로 메일이 도착해 있었다.

"브런치스토리에서 제안이 도착했습니다."

내가 쓴 글이 브런치스토리에서 꽤 유명해지기 시작할 무렵이라, 여러 제안 메일을 받던 때였다. 이번엔 어떤 제안일까 두근거리며 메일을 열었는데 첫 문장이 낯설었다.

"브런치북 출판 프로젝트 특별상 수상을 축하드립니다."

응? 내가 잘못 읽었나? 눈을 끔뻑이며 제안 메일 발송인을 보니 카카오 브런치스토리팀이었다.

응? 뭐라고? 수상했다고? 지난 10월에 응모했던 브런치북 출판 프로젝트 수상 메일이었다. 퇴근길 버스를 기다리며 확인한 그 메일 덕분에 정류장에서 나는 혼자 소리 없는 비명을 질렀다.

'맙소사. 진짜로? 진짜 됐다고?'

그 순간 누군가 나를 보고 있었다면 약간 정신이 오락가락하는 사람이라고 생각했을 것 같다. 그건 사실이었다. 근래 겪은 일 중 이보다 더 믿기지 않는 일이 또 있을까. 구독자가 갑자기 6,000명을 넘기고, 하루 조회 수 10만 뷰 이상을 찍었을 때도 놀랐지만, 상을 타는 기쁨은 그것과 분명 달랐다. 학창 시절도 아니고 성인이 된 이후 상을 타는 일은 거의 없으니까.

그런데 곧이어 조금 슬퍼졌다. 정말 기다리고 기다렸던 소식인데, 누구와도 이 기쁨을 나눌 수가 없다는 걸 깨달았다. 글을 쓰는 걸 주변 사람 모두에게 비밀로 하고 있었기에 축하해 줄 사람이 아무도 없었다. 기뻐하다가 문득 외로웠다.

그때 내가 브런치에서 작가 활동을 한다는 걸 아는 유일한 사람인 K가 떠올랐다. 지금이라면 용기 내서 그에게 다시 연락해 볼 수 있을 것 같았다.

"K 님, 오랜만에 연락드려요. 저… 브런치북 출판 프로젝트 특별상 받았어요."

톡을 보내고 1분도 되지 않아 바로 K에게서 전화가 왔다. 왠지 너무나 예상대로의 반응이라 웃음이 났다.

"여보세요."

"J 님, 진짜 축하해요! 아니지, 작가님 축하드립니다!"

"고마워요. 너무 좋은 뉴스라서 연락 안 할 수가 없었어요."

"특별상이면 대상하곤 다른 거예요?"

"응, 대상이 더 큰 규모의 출판사들이에요. 특별상은 상금도 100만 원밖에 되지 않아요. 그래도 이것만으로도 전 너무 만족해요."

"그럼요. 대상 아니면 어때요? J 님 작품이 분명 제일 재미있을 거예요."

내 글을 한 번도 본 적 없으면서 자신만만하게 말하는 그를 보니 웃음이 났다.

"내가 글 쓰는 걸 아는 사람이 K 님밖에 없다 보니, K 님한테 가장 먼저 연락했어요. 오랜만에 연락이 와서 놀랐죠?"

"응, 놀랐죠. 근데 계속 생각은 하고 있었어요. 그때 말한 수상작 발표가 이즈음이라고 했던 것 같아서."

역시 기억력이 좋은 사람이다.

"그동안 잘 지냈어요?"

"응, 난 잘 지냈어요. J 님은요? T랑 잘 만나고 있어요?"

어라? 그는 아직 내 소식을 못 들은 걸까? 모임에서 내가 나왔다는 건 알고 있을 텐데.

"모임에서 얘기 못 들었어요? 나 T랑 헤어졌는데."

"응? 언제요? 난 몰랐어요. 나 그 모임 나왔거든요."

"어? 왜요?"

"그냥… 사람들이 점점 많아지면서 모임 성격도 꽤 바뀌고, 잘 안 맞는 사람들도 생기는 게 피곤해졌어요. 회사 일이 바빠지기도 해서, 요즘은 그냥 Y랑만 종종 연락하고 다른 모임 멤버들은 안 만나요."

그답다면 그다운 모습이었다. 원래 타인에게 별로 집착하거나 크게 관심을 갖는 사람이 아니니까.

"그나저나 T랑 헤어졌구나… 언제 헤어진 거예요? 아, 아니다. 우리 만나서 얘기해요. 작가님 수상 축하 파티도 해야 하니까."

그래, 나도 불과 한두 달 사이에 그에게 하고 싶은 말이 많이 생겼다. 그가 보고 싶어졌다.

전화를 끊기 전 K가 말했다.

"다시 한번 축하해요. 앞으로 작가님 기사로서 잘 모시고 다닐 테니, 글 잘 쓸 수 있는 곳으로 주말에 놀러 가요. 같이."

그의 미소가 떠올랐다. 그가 보고 싶었다.

손잡고 싶었어요

: J 작가님 이름으로 예약했습니다

☀

K를 다시 만나는 날.

굉장히 오랜 시간이 흐른 것 같았는데, 두 달도 지나지 않았다니. 그를 보지 못한 지 반년도 넘은 것 같은 느낌이었다.

브런치북 출판 프로젝트 수상을 축하하는 의미로 K가 식사를 사기로 해서, 그가 일하는 여의도로 갔다. 퇴근하자마자 바로 9호선을 탔음에도 사람들이 너무 많아서 서 있기 힘들었다. 나중에 서울로 다시 돌아온다면 9호선 라인으로 이사할까 생각했었는데 다시 생각해 봐야 할 것 같다.

여의도역 3번 출구 방향으로 나가자 그 앞에 K가 기다리고 있었다. 왠지 기분이 몽글몽글했다. 마지막으로 만났을 때는 둘 다 가을 자켓을 입고 있었는데, 오늘은 둘 다 겨울 코트를 입고 만났다. 시간이 그렇게 흘렀다.

그가 나를 발견하고 평소의 그처럼 입가에 미소를 머금고 손을 흔들었다. 나 역시 밝게 웃으며 손을 가볍게 들어 인사한 뒤 그에게 다가갔다. 그때 그가 잠시만 하는 시그널을 주더니 전화를 받길래 그러라고 했다. 업무 연락인 듯했다. 그런데 전화를 받는 동시에 K가 내 손을 잡고 자신의 코트 안에 집어넣었다.

두근두근. 이게 무슨 일이지. 그와 손을 잡는 건 처음이었다. 예전에 내가 연애를 안 하니 밖에서 손잡고 걸을 사람이 없는 게 좀 아쉽다고 얘기했던 적이 있는데, 그걸 기억한 것 같았다. 이런 걸 보면 정말 세심하고 꼼꼼한 사람이다. 하지만 이렇게 갑자기 손을 잡을 줄은 몰랐다. 통화가 끝난 이후에도 내 손은 그대로 K의 코트 안이었다.

"어? 파마했네요?"

"응, 근데 좀 약하게 나와서 다음 주에 다시 가서 한 번 더 하려고요."

"왜요? 지금 딱 좋아요. 잘 어울려요."

"응, 그건 아는데 이 정도 컬이면 금방 풀려요. 최소 두 달은 가게 하려면 더 강하게 파마해야 돼요. 아마 한 번 더 하면 초반에는 좀 웃길 거예요."

K는 멋쩍은 듯 자기 머리를 쓱 만지더니 나를 바라보며 웃었다.

우리가 간 식당은 한우 전문 고급 레스토랑이었다. 이렇게 비싼 곳에서 얻어먹어도 되는 건가 걱정했지만, K는 회사 사람들하고 먹을 때 정말 맛있게 먹어서 나를 꼭 데려오고 싶었다고 말했다. 안으로 들어가니 프런트에서 인사를 건넸다.

"안녕하세요. 예약자분 성함이 어떻게 되세요?"

"J 작가님으로 예약했습니다."

그의 대답에 웃음이 터져 나왔다. 직원분에게 웃음을 들키기 싫어서 그의 등 뒤로 숨어서 끅끅거리며 웃음을 참았다. K도 내 웃음이 터진 걸 눈치챘는지 능청스럽게 "자, 작가님 안으로 가시지요." 하며 나를 에스코트했다.

자리로 가서 코트를 벗자 그가 눈을 크게 뜨며 "어? 그 옷 입었네요?"라며 반가워했다. 전에 함께 쇼핑몰을 돌다가 내가 살까 말까 고민한 옷인데 그는 잘 어울릴 것 같다며 추천해 줬었다. 몸매가 드러나는 원피스라서 회사에 입고 가기엔 좀 부담스러웠지만, 금요일이기도 하고 연말이니 괜찮지 않을까 생각하며 입고 출근했다. 덕분에 종일 회사에서 차장님이 변했다며, 유교 걸은 어디 갔냐며 온갖 관심을 받았다. 그렇게 고생하면서 입고 왔는데 그가 "정말 잘 어울려요. J 님은 그런 밝은 옷이 잘 어울리네요."라고 칭찬해 주니 기분이 좋았다.

예약석은 여의도 야경이 한눈에 보이는 멋진 자리였다. 그가 내 수상 축하를 위해 탐나불린 위스키를 준비한 덕분에 축배를 들며 저녁 식사를 즐겼다.

식사하는 동안 K는 내 수상을 진심으로 축하해 주었다. 자기 주변에서도 글 쓰는 사람들은 종종 봤지만, 이렇게 글 쓴 지 4개월 만에 출판까지 이어지는 경우는 처음 봤다며, 재능과 노력과 운이 모두 잘 맞아떨어진 것 같다고 말해 주었다. 그 말이 쑥스러우면서도 기뻤다.

바로 집으로 가기엔 이른 시간이라 디저트를 먹기로 했다.

식사한 곳 아래층에 위치한 카페로 갔는데 안쪽 자리는 사람이 별로 없어서 대화하기 편해 보였다. K가 옆자리에 앉더니 다시 내 손을 잡았다. 이런 적이 정말 단 한 번도 없었는데, 오랜만에 만난 그는 확실히 뭔가 달라진 모습이었다.

커피와 파운드케이크를 먹으며 이런저런 밀린 얘기를 나눴다. 그리고 K는 내가 없는 동안 자신이 느낀 감정에 대해 얘기하기 시작했다.

"J 님이랑 안 만나는 동안, 내가 뭔가 달라져 있다는 걸 느끼고 나 자신의 감정을 들여다보는 훈련을 했어요. J 님을 만난 이후 감정에 대한 내 생각이 많이 바뀐 걸 느꼈거든요. 지금까지 나는 감정은 쓸모없고 소모적이라 생각해 왔고, 누군가를 좋아하는 마음도 별로 느껴 본 적 없이 살아왔잖아요? 감정적인 사람을 제일 싫어하고요."

제법 자기 자신을 객관적으로 알고 있구나 싶어서 고개를 끄덕이며 맞장구를 쳤다.

"그런데 J 님은 드물게도 이성과 감정이 잘 융화된 분이고 '감정이 저렇게 풍부한데도 이성적일 수 있구나.'라는 생각이 들게 한 분이라 굉장히 좋은 영향을 받고 있었더라고요."

감정을 왜 무의미하다고 생각한 거냐고 묻자, 그가 슬픈 눈으로 말했다.

"결국 난 혼자 쓸쓸히 늙어 가게 될 거라고 생각했으니까요. 그 과정에서 감정이 풍부해 봐야 더 슬프잖아요. 그냥 하루하루 무미건조하게 살아가다가, 너무 늙기 전에 생을 더 이어 가지 않고, 그때쯤 안락사가 제도화되면 스스로 생을 마감해도 되지 않을까 생각했던 거예요."

K는 예전에도 자신이 나이 들었을 때에도 한국에서 안락사가 불법이라면, 스위스처럼 그게 합법인 나라에 갈 생각이 있다고 말한 적이 있다.

"그렇지만 아까 말한 대로라면 저랑 만나면서 감정이 다양해진 거 아니에요? 무덤 친구도 생겼고, 예전과는 다르지 않아요? K 님 저랑 있을 때는 늘 광대가 이만큼 올라온 상태로 즐거워 보이는데."

내가 그의 광대를 가리키며 말했더니 더욱 광대가 올라가며 K가 말했다.

"맞아요. 감정이 많이 느껴져요. 그런데 아직 이게 어떤 마음인지 나도 잘 모르겠어요. 분명한 건 J 님 덕분에 내가 정말 많이 달라지고 있다는 거예요."

K가 잠시 생각하다가 말을 이었다.

"다시 연락 줘서 고마워요. J 님이 T랑 만나는 동안 사실 꽤 힘들었어요."

"그래요? 힘들었어요?"

"응, 나도 왜 힘들었는지 모르겠는데, 이상했어요. 다른 친구들 연락을 받아도 별로 만나고 싶지 않고, 함께 갔던 곳 생각도 나고. 이상했어요."

이 서툰 사람은 지금 자기가 무슨 말을 하고 있는지 알고 있는 걸까. 사랑을 해 본 적 없는 남자는 여전히 본인의 감정을 파악하지 못하고 있었다.

"K 님, 전에는 내가 다른 남자와 잘 만나고 그 사람과 평생을 보내게 되면 어떨 것 같냐는 질문에 '기꺼이 축하해 줘야죠. 너무 좋은 일이니까요.'라고 말했던 거 기억나요?"

그는 그때가 떠올랐는지 미간을 살짝 찌푸리고 고개를 저으며 말했다.

"아, 아뇨. 난 이제 싫을 것 같아요. J 님이 앞으로 다른 남자랑 또 연애를 하더라도, 결국 나한테 돌아와서 나랑 평생을 같이 보냈으면 좋겠어요."

"그건 다른 의미의 독점욕 아니에요? K 님이 말한 사랑의 필

수 조건이 독점욕이라면 지금 저에게 느끼는 감정이 사랑과 같지 않아요?"

내 말에 곰곰이 생각에 잠기더니, 그가 말했다.

"응, 맞아요. 이것도 독점욕이라고 부를 수 있을 것 같아요. 그런데 사랑하는 사람이 다른 남자와 자도 괜찮다고 생각하는 건 사랑이 아니지 않아요?"

그 말에 당연히 일반적으로는 말도 안 되는 소리라고 웃으며 대꾸했다.

"K 님은 내가 다른 남자와 연애를 하든 자든 그건 상관없지만, 결국 자기에게 돌아왔으면 하는 거예요?"

"응, 맞아요. 누구를 만나든 상관없는데, 무덤 친구는 나하고만 했으면 좋겠어요."

"흠, 그렇다면 그건 사랑의 다른 표현 방식이 맞지 않나 싶은데…. K 님, 하도 감정을 살펴보는 게 서툴러서 자기 감정에 어떤 이름을 붙여야 하는지 모르는 거 아니에요?"

"그런 것도 같아요. 나도 이런 감정이 태어나서 처음이라 당분간 이게 어떤 마음인지 천천히 파악해 보려고요. 몇 개월이 걸릴 수도 있고, 그사이에 J 님을 향한 감정 자체가 사그라들어서 역시 사랑은 아니었어 하고 결론이 날 수도 있겠지만요."

"응, 그럴 수 있죠. 천천히 관찰해 봐요. 나도 궁금해요. K님이 어떤 마음을 가지게 되고, 어떻게 변화해 갈지."

난 이미 어느 정도 그 답을 알 것 같았다. 하지만 천천히 기다려 보기로 했다. 이 서툰 남자가 어떤 답을 내놓을지 기대하면서.

내가 왕이 될 상인가

: 당신과는 연애만 하겠습니다

긴 일주일이었다. 그를 보고 싶은 마음이 부풀어 올라 계속 생각이 났다.

이상한 일들이 끝도 없이 벌어지는 4개월이었다. 브런치스토리에 올린 글이 크게 화제가 되며 유명해지고, 브런치북 출판 프로젝트를 통해 상을 탔고, 첫 책의 계약을 앞두고 있었다. 작가로서의 나에게 새로운 제안도 계속 들어오고 있었다.

평범한 직장인이던 내게 믿기지 않는 일이 일어나는 시기였지만, 주변에 작가 활동을 한다는 걸 K를 제외한 그 누구에게도 말하지 않아서 고민 상담을 할 사람도 없었다. 출판 계약이나 앞으로의 일들을 대나무 숲처럼 누군가에게 말할 기회라도 있으면 좋지 않을까 생각했다.

"내가 사주 보러 간 적 있다고 말했죠?"

내 고민을 듣자 K가 말했다.

"응, 그때 본 곳에서 말해 준 대로 양 모양 아이템 늘리고 빨간색 물건을 사들이고 했더니, 일이 잘 풀리고 있다면서요?"

세상 이성적인 이과 남자가 사주를 보러 가고, 심지어 그 말을 진지하게 믿으며 그대로 했다는 게 너무 웃겨서 잘 기억하고 있다.

"아, 정말이라니까요. 아무튼 J 님도 한번 가 볼래요? 밑져야 본전이잖아요."

20대 때 사귄 남자 친구가 보러 가자고 해서 홍대 주차장 골목에서 사주를 본 이후, 생전 사주를 본 적이 없었다. 그때 본 사주가 갑자기 생각났다. 29살이었는데 그 무렵 나의 이직 시기와 훗날 결혼한 나이 등을 정확히 맞혀서 신기하게 생각했다. 그리고 그 당시에는 한 가지, 전혀 맞지 않는 말이라고 생각한 게 있었다. 평생 돈 걱정은 안 할 사주라는 것이었다. 그 말을 듣자마자 난 속으로 코웃음을 쳤다. 소위 흙수저로 살아온 나는 평생 돈 걱정을 가득 하면서 살아왔으니까.

그 말을 믿지 않았음에도 나는 그 말을 기억했다. 돈 걱정 안 하며 살 팔자가 될 거라고 믿기로 했다. 사주를 믿은 게 아니라, 말이 가져다주는 힘을 믿었다. 내가 믿는 대로, 내가 꿈꾸는 대로 미래가 펼쳐질 거라는 믿음은 내게 늘 있었다.

신기하게도 사주를 보고 나서 2년 뒤 전남편과 결혼했고, 부동산 버블을 제대로 누리며 자산이 생각지도 못하게 늘어났다. 이혼하며 다시 반토막이 되긴 했지만, 어쨌든 결혼과 이혼을 거치며 나는 불과 8년 만에 29살 때의 나는 상상하지 못할 만큼의 돈을 갖게 된 건 사실이었다.

K의 말대로 다시 한번 사주를 보러 가기로 했다. 이번엔 또 어떤 재미있는 말을 듣게 될지 궁금했다. (게다가 K의 꼬임이 꽤 그럴싸했다. 회사 임원들만 몰래 다니는 곳이라는 말에 솔깃하는 걸 보면, 역시 나도 어쩔 수 없이 명함과 간판에 흔들리는 사람인가 보다)

금요일 퇴근 후 시간 맞춰 예약한 장소에 도착했다. 간판도 없는 허름한 2층 건물 구석에 있었고, 그냥 보기에도 너무 수상한 골목이었다. 혼자 들어가기 무서웠지만 이제 와서 취소할 수도 없으니 용기를 내서 들어가 봤다.

넓은 내부는 옛날 기원을 떠올리게 했다. 신발을 벗고 들어가서 의자에 앉았는데, 사주를 봐 주시는 분이 목 수술을 하셨는지 성대 울림을 통해 목소리를 냈다. 쇳소리 같은 기계음으로 나오는 사주 풀이는 처음엔 어색했지만 곧 적응되었다.

"아가씨는 차로 치면 람보르기니 팔자야."

"네?"

"고시를 봤으면 장관이 되었을, 천복을 타고난 사람이라고."

눈을 동그랗게 뜨며 되물을 수밖에 없었다. 태어나서 정말 처음 듣는 표현이었다. 람보르기니라니.

그분은 한 치의 망설임 없이 사주 풀이를 했다.

"가슴속이 북극 빙하같이 차갑고 무서운 사람이네."

전 그런 무서운 사람이 아닌데요, 말할까 했는데 그럴 새도 없이 바로 풀이를 이어 갔다.

"냉정하면서도 강하다는 건데, 나쁜 의미가 아니야. 그만큼 옳고 그름을 분명히 하고 시베리아 벌판에서도 살아 돌아올 사람이라는 뜻이야. 속내를 잘 드러내지 않고 내공이 대단한 사람이네."

호오, 어렴풋이 그런 성향이라고 생각은 했지만 이렇게 다른 사람의 입으로 들으니 신기했다. 그것도 나를 전혀 모르는 사람에게서.

"태어날 때부터 어른으로 태어나서 애늙은이 소리를 듣고 자랐겠구만. 항상 어딜 가도 부모 입장에서 바라보고 생각하고 행동하다 보니 스스로 피곤한 삶을 살았을 거야. 늘 노력하고 연구하고, 매사에 조심스럽고."

겉으로 티 내지 않으려고 했지만 속으로는 맞다며 끄덕끄덕하고 듣고 있었다.

"아름다움을 가지고 있는 팔자라서 언어, 입, 방송, 문화, 손으로 하는 작가 같은 직업이 맞겠고. 조만간 문서로 인한 즐거움이 있을 거야. 계약서든 집문서든."

곧 하게 될 출판 계약이나 다른 계약들이 떠올랐다.

"연애는 하고 있어?"

"아뇨, 그런데 만나는 중인 남자는 있어요."

"무슨 띠야?"

"뱀띠요."

"아가씨랑 뱀은 안 돼. 뱀이랑은 연애만 해."

그 말에 나도 모르게 웃음이 터졌다. K와 결혼할 생각이 없긴 했지만, 연애는 해도 되나 보다 하고 조금 다행스럽기도 했다.

한 시간 동안의 사주 풀이를 마치고 나오는데 등 뒤로 명리가가 한마디를 더 보탰다.

"다 원하는 대로 이루어질 팔자니까, 앞으로 이런 거 보러 다니지 마. 하고 싶은 대로 하면 돼."

뒤돌아 그분을 바라보고 '감사합니다.' 인사하고 나왔다.

찬 공기를 느끼며 역으로 걸어가는데 왠지 신기한 기분이었다. 여전히 사주나 타로 같은 걸 믿지 않는다. 하지만 늘 그래 왔듯이 말이 주는 힘은 믿었다. 나한테 사기를 치고 있는 건가 싶을 만큼 너무 좋은 말만 잔뜩 듣고 나오니, 기분이 참 묘했다.

역으로 들어갈 때쯤 K로부터 전화가 왔다. 지하철역에 도착해 있으니 천천히 오라는 연락이었다. 왠지 더 기다리기 힘들어서 얼른 달려갔다. 지하철역 개표구 안쪽에 서 있는 K를 보는 순간, 입가에 미소가 번졌다.

양갈빗집에 가서 음식을 주문한 뒤, 연태 고량주 한 병을 나누어 마셨다. K에게 사주 풀이 결과를 말해 주니 조금은 신기해하면서도 "다 내 예상대로인데요?" 하며 크게 놀라지 않는 모습이었다.

"내가 보는 J 님도 그런 사람이에요. 마음이 단단하고 재능이 많고 앞으로 계속 더 잘될 사람."

"아, 그렇지만 그분이 뱀띠 남자랑은 연애만 하라더라고요."

"연애만 30년 하면 되죠. 우리가 무덤 친구가 되는 거엔 아무 문제가 없어요."

K는 대수롭지 않다는 듯 어깨를 으쓱했다. 하긴 애초에 난 K든 누구든 결혼을 생각하고 있지 않았다. 연애 역시 이대로 K와 하게 될지도 불투명하고 말이다.

명리가가 내게 마지막으로 했던 말은 K에게 하지 않았다. 왠지 그 말은 나 혼자 간직하고 싶었다. 아마 앞으로 다시 사주를 보러 가는 일은 없을 거다. 내 삶은 내가 원하는 대로 이뤄질 거라고 늘 믿으며 살아왔고, 분명 앞으로도 그렇게 살아갈 거라고 속으로 단단히 되새겼다.

보내지 못할 택배

:나도 내 마음을 몰랐어요

"얼마 전부터 일기를 쓰기 시작했어요."

K가 조심스레 말을 꺼냈다. 일기라니, 이 얼마나 그에게 어울리지 않는 단어인가.

"일기요? 지금 이게 K 님 입에서 나온 단어 맞아요?"

내가 놀리듯이 되묻자, 콧잔등을 살짝 찌푸리며 눈을 피한다.

"J 님처럼 멋진 글을 쓰는 건 당연히 아니지만, 나도 감정을 기록하고 싶다는 생각이 들었거든요. 그냥 흘려보내기엔 요즘 내가 느끼는 감정들이 너무 낯설어서. 이 감정의 정체가 뭔지 기록해 보면서 알아 가려고요."

농담처럼 그에게 감정을 학습해서 말하지 말라며 이과생은 이래서 안 된다고 놀리곤 했는데, 그가 감정을 알아보려고 일기를 쓴다는 게 놀라웠다.

"어떤 일기를 썼는데요?"

"대부분 J 님에 대한 거죠."

그 말에 눈을 동그랗게 뜨고 쳐다보니, 당연한 거 아니냐는 표정으로 나를 바라본다.

"요즘 내 감정을 들여다보는 훈련을 열심히 하고 있어요. 이런 적이 처음이라 나도 당황스럽고 오래 걸릴 것 같긴 한데… 캘린더에 저장해 놓은 스케줄을 돌아보면서 내가 언제부터 마음이 달라졌는지 찾아보고 있거든요. 우리가 가을에 거의 매주 만났잖아요. 그때쯤부터 뭔가 달라진 감정을 느꼈던 거 같더라고요."

"그럼 지금 감정을 들여다보는 훈련을 한다는 게, 저에 대한 감정을 말하는 거예요?"

"응, J 님에 대한 감정이요. 나는 원래 생각과 감정이 굉장히 심플한 사람이라 이렇게 알 수 없는 복잡한 감정을 느끼는 게 처음이에요. 그래서 이 감정을 아직 뭐라고 말해야 될지 모르겠어서, 정의 내리는 데 좀 오래 걸릴 수도 있어요."

나에게 자기가 그 감정에 이름을 붙이는 순간까지 기다려 달라는 말로 들렸다.

"천천히 살펴봐요. 40여 년을 감정이 무딘 채로 살아온 분인데, 1년 만에 알게 된다 하더라도 굉장히 빠른 거죠."

"아! 택배 풀어야겠다."

갑자기 K가 뭔가 생각난 듯 혼잣말을 했다. 무슨 택배냐고 묻자 "…J 님한테 보낼 걸 싸 놨었어요."라고 말했다.

"사실 T랑 사귀게 되었다는 말을 들은 뒤에, J 님이 우리 집에 두고 갔던 우산이랑 내가 선물로 샀던 옷을 택배로 보내 줘야겠다 싶어서 박스에 넣어 놨거든요. 그런데 그걸 싸는데 이상하게 눈물이 나더라고요."

그가 눈물을 흘렸다는 말을 듣자 마음이 아렸다.

"헤어지면 다시 연락 달라고 하긴 했지만, 그냥 이제 영원히 만나지 말아야겠다는 생각을 했어요. J 님 때문에 내가 나답지 않게 감정 기복이 심해지고, 심장도 뛰고. 그런 내가 너무 낯설고 힘들어서, 이럴 바엔 이제 영영 만나지 말아야겠다고 생각했거든요. 그런데 J 님한테 온 톡을 보자마자 이미 내 손이 전화를 걸고 있더라고요."

그 말에 둘 다 웃음이 터졌다.

"택배 싼 다음에 일기도 썼는데 'J 님이 얼른 T와 헤어지고 돌아오면 좋겠다. 이상하다. 왜 눈물이 나는지 모르겠다. 갱년기인가.'라고 써 놨어요."

"풋!"

너무 진지한 얼굴로 어린아이 같은 일기 내용을 말하는 K를 보고 있자니 웃으면 안 되는데 결국 웃음이 터져 버렸다. 그와 이런 대화를 나누며 시간을 보내는 걸 내가 얼마나 바랐던가.

집으로 가기 위해 다시 지하철역으로 돌아왔다. 그와 인사하고 개표구를 통과하기 직전, K가 나를 등 뒤에서 안으며 작은 목소리로 속삭인다.

"J 님, 좋아해요."

메마른 사막 같던 K의 마음에 꽃봉오리 하나를 피워 낸 사람이 나라니. 내 귀로 듣고도 믿기지 않았다.

이제 친구 아니에요

: 도파민을 아십니까

♡

"내가 요즘 이 감정에 대해 책을 찾아보고 있는데, 도파민에 대해 알게 되었어요."

K가 진지한 목소리로 말했다. 사람을 좋아하면 뇌에서 도파민이 분비되는데 보통 짧으면 6개월, 길면 3년 정도 간다고 한다. 그 기간이 끝나면 급격히 도파민 분비가 떨어지면서 설레는 감정은 줄어들지만, 대신 장기적인 애착 유대감이 형성되면서 그 상태로 오래간다고. 이과생답게 일목요연하게 설명하는 K를 보고 있으니, 무슨 말을 하는 건가 싶었다.

"오래 사귄 연인이나 부부에게서 나오는 감정이 되는 거죠.

얼른 도파민 분비 기간이 지나고 J 님과 애착 유대 관계로 넘어가면 좋겠어요."

"그래요? 설레는 감정이 있는 시기가 제일 좋은 건데?"

"난 안 그래요. 지금 하루에도 몇 번씩 안 좋은 상상과 좋은 상상이 반복되니까 심장에 너무 안 좋고, 힘들고, 스트레스 받아요."

"응? 되게 정상인데요? 사람을 좋아하면 그런 마음 느끼는 게 정상이에요."

K가 믿을 수 없다는 표정으로 되물었다.

"이게 정상이라고? 그럼 대체 금사빠들은 어떤 정신 상태로 살고 있는 거예요? 일상생활이 불가능할 것 같은데. 한 번 겪는 것도 이렇게 힘든데. 난 못 할 것 같아요. 이 감정이 너무 좋긴 하지만, 마치 계속 마약을 하고 있는 것처럼 안정이 안 돼요."

확실히 그의 이런 모습은 낯설었다. 겨우 반년 정도 만난 나도 적응이 안 되는데, 스스로는 얼마나 더 낯설고 이상할까.

"내 인생에 이런 감정은 한 번이면 충분할 것 같아요. 난 잔잔한 호수 같은 마음으로 살고 있는 사람인데, 지금 파도가 너무 거칠게 일고 있어요. 얼른 잔잔해져서 J 님이 날 떠나지 않는다는 확신이 들고 평생 같이 지낼 수 있는 애착 관계가 되고 싶어요."

K가 그동안 FWB 관계로 만나던 여자 친구에게 그만 만나자는 말을 하고 왔다고 했다. 그분께 뭐라고 설명했는지 물어봤더니, 있는 그대로 말했다고 했다.

"어떻게 있는 그대로요?"

"좋아하는 사람이 생겼다고 했죠."

"이야, 그 K에게 좋아하는 사람? 기겁했겠는데요?"

내가 놀리듯 말하자 K도 겸연쩍게 웃으며 고개를 끄덕였다.

"그럼 좋아하는 사람이 생긴 K 님, 그 좋아한다는 사람은 어떤 친구인가요?"

다시 한번 놀리듯 묻자 그가 고개를 저었다.

"아니, 친구 아니에요."

"응? 아니에요?"

"응, 친구는 아니야."

"그럼 우리는 뭔데요?"

"아직 좀 더 생각해 봐야겠지만… 친구로는 못 돌아갈 것 같아요. 더 깊은 마음이야."

K는 그렇게 말하며 내 얼굴을 바라보다 가볍게 키스하고 나지막이 속삭였다.

"J 님, 너무너무 좋아해요."

아마 그의 인생에 처음이었을 진심이 담긴 고백. 그의 마음이 내 마음에 닿았다.

좋아한다는 말이 전염된 걸까, 아니면 그를 좋아하는 내 마음 역시 더 이상 막을 수 없을 만큼 커진 걸까. 싱긋 웃으며 그에게 키스한 뒤 코를 부비며 말했다.

"나도, K 님 많이 좋아해요."

우리 종착지가 사랑이 아니라 해도

: 그럼에도 불구하고 다시, 시작합니다

♥

우리가 어디까지 갈 수 있을지, 어차피 지금은 알 수 없다.

언제나 확신할 수 있는 건 순간순간의 내 정직한 마음뿐이었다.

"우리가 제주도 여행이나 남대문 번개에서 둘이 보낸 시간이 없었다면 이런 관계가 됐을까요?"

내가 문득 궁금해져서 물어보자 K가 당연하지 않냐는 표정으로 말했다. 설령 그날이 아니었어도 우리가 만남을 지속했다면 그런 계기가 될 순간이 분명 찾아왔을 거고, 자기는 그 순간을 놓치지 않았을 거라고.

"그렇게 말하니까 꼭 K 님이 되게 노력한 거 같은데, 사실 별로 노력 안 했잖아요."라며 내가 반박하자 K는 혀를 쯧쯧 차며 아직도 모르냐고 말했다. 자기가 사실 티 나지 않게 꽤 노력을 했다고. 내가 안경 덕후라는 걸 알게 된 이후, 안경을 쓰고 다니기도 했다고 당당히 말하는 그를 보니 이 사람이 정말 내가 아는 K인가 싶어서 신기했다.

12월 31일, 그해의 마지막 날은 우리 집에서 같이 제야의 종소리를 듣기로 했다. 자정이 되기 전까지 영화 한 편을 보면서 포장해 온 샤브샤브를 안주 삼아 위스키를 마셨다. 그리고 함께 새해 카운트다운을 한 뒤 그가 내게 키스하며 말했다.

"J 님, 나랑 사귀어요."

"나 좋아해요?"

"응, 너무 많이 좋아해요."

"바람 안 피울 거예요?"

"응, 당연하죠."

"거짓말 안 할 거예요?"

"응, 안 해요. 있는 그대로 말할게요."

모든 연인이 처음에는 똑같이 이렇게 말한다는 걸 알고 있다. 그렇지만 그런 뻔한 말일지라도 그에게 다시 한번 확인하고 싶었다. 말에는 힘이 있고, 그 말 그대로 이루어질 거라 믿고 싶으니까.

"알다시피… 바람피우는 건 절대 싫어요. 내가 싫어지거나 다른 여자가 좋아지면 그건 꼭 바로 말해 줘요."

"응, 그럴 일은 없을 것 같지만 약속할게요."

그의 눈동자를 바라보며, 나 자신에게도 다짐해 본다. 다시, 시작해 보자고. 그 끝이 결국 또 이별이더라도 사랑의 시작을 두려워하지 말자고.

"응, 우리 사귀어요."

내 대답에 K가 밝게 웃으며 나를 안았다. 그리고 작게 속삭였다.

"J 님, 사랑해요."

응? 사랑? K가 사랑이라고 했다. 나를 사랑한다고 했다.

"…내가 잘못 들은 거 아니죠? 한 번만 더 말해 줘요."

K가 부끄러워하며 귓가에 속삭여 주었다.

"J 님, 정말 사랑해요."

말하자마자 부끄러워서 눈을 못 마주치는 K를 보니 내 얼굴에도 미소가 번졌다. 눈물이 날 것 같았다.

사랑을 한 번도 안 해 본 남자.

평생 누군가를 사랑할 일은 없을 것 같다며 포기했던 남자.

그의 입에서 나온 저 말이 어떤 무게를 가지는지 느낄 수 있었다.

이 사랑을 시작하는 내 마음은 마냥 행복하기만 한 건 아니었다. 이렇게 내가 마음을 다 주면, 또 배신하지 않을 거라고 믿었다가 다시 한번 배신당한다면, 또다시 상처 입는다면…. 그때의 나는 이미 한 번 겪은 일이니 더 빨리 털고 일어날까, 아니면 더 큰 상처를 받게 될까. 어느 쪽이든 내가 가 보지 않은 길이었다.

어쩌면 별일 아니지 하며, 또 사랑을 믿은 내가 멍청했다며 자조 섞인 웃음을 지어 보이고 금방 괜찮아질지도 모른다. 아니면 회복할 수 없는 상처를 입게 될 수도 있을 것이다. 이제 정말 그 누구와도 연애하지 못할 거라 생각하면서 말이다.

하지만 그 어느 쪽이든, 지금 두려워하지 않기로 했다. 상처가 두려워서, 배신당할 게 무서워서 이 마음에 솔직하지 않는 건 절대 해서는 안 될 일이라고 생각했다.

작년의 나는 내 생에 단 한 번도 상상해 본 적 없는 이혼을 겪었다. 그러면서 생각했다.

어차피 인생은 계획대로 흘러가지 않으니, 어디 한번 흘러가는 대로 살아 보자고.

이게 내 인생의 흐름이라면 어디 한번 가 보자. 이 끝을 두려워 말고. K와의 만남이 우연인지 운명인지 가 봐야 알 수 있으니까.

언제나 선택은 늘 나로부터 시작되었다. 내가 믿는 길, 나다운 길. 수많은 선택이 지금의 나를 만들었고, 그렇게 만들어진 나를 아낀다. 그래서 이번 선택 역시 나를 믿고 당당히 가 보기로 한다.

그와 손을 잡고, 설령 이 끝이 사랑이 아니라 해도.

나 자신에게도 다짐해 본다.

다시, 시작해 보자고.

그 끝이 결국 또 이별이더라도

사랑의 시작을 두려워하지 말자고.

여전히 꿈을 꾸고 있습니다

혹시 학창 시절에 받은 생활 기록부 내용을 기억하시나요? 정부24 사이트에 들어가면 고등학교 생활 기록부를 볼 수 있다기에 고교생이었던 나는 어떤 아이였을까 궁금해서 찾아보았습니다. 기억나는 고등학교 시절의 저는 100시간 이상 봉사 활동을 했다는 것과 글을 쓰려고 들어간 문예반에서 말도 안 되는 군기와 학교 폭력이 벌어지고 있는 걸 참지 않고, 선생님께 사실을 고발한 뒤 탈퇴했다는 것 정도였어요. 친구들과 하굣길에 컵 떡볶이와 핫도그를 먹었던 소소한 추억만 있었죠. 그래서 20여 년 전 저에 대해 3명의 담임 선생님들이 어떻게 생각했을지 궁금했습니다. 그때의 생활 기록부는 요즘과 달라서, 학생들의 학교생활이나 특성에 대해 2~3줄 정도로 짧게 적어도 괜찮았던 시대였는데 제 생활 기록부 역시 겨우 3줄 정도의 짧은 종합 의견이 적혀 있더군요.

"문학적 감수성이 풍부하고 국어과에 재능이 많다."
"어문 계열이 뛰어나며 글쓰기에 재주가 있다."
"풍부한 독서 경험을 바탕으로 한 언어 표현 능력이 탁월하다."

다른 내용은 각각의 선생님들이 모두 다르게 적었음에도 '언어'와 '글'에 대한 평가는 비슷하게 작성되어 있다는 데 조금 놀랐습니다.

'내가 이랬다고? 고등학교 때 내가 뭘 했더라? 시험 기간에 공부하기 싫어서 〈삼국지〉를 읽다가 선생님께 지적받은 기억은 있는데, 그걸 이렇게 돌려서 쓰신 건가. 어쨌든 모범생이긴 했는데 딱히 특별한 재주가 없었으니 글쓰기로 잘 포장하셨나?' 이런 생각이 들긴 했지만요.

20년 전의 저는 분명 책을 좋아했습니다. 소설이든 만화책이든 닥치는 대로 읽었어요. 그 아이가 커서 조니워커라는 필명으로 책을 두 권이나 내게 되다니. 신기한 일입니다.

언젠가 작가가 될 수 있지 않을까 하는 허황된 꿈을 꾸기도 했습니다. 직업은 내가 좋아하는 것보단 잘하는 걸 선택하라는 말에 동의한 결과 평범한 회사원으로 14년째 일하고 있지만, 내 책을 내고 싶다는 꿈을 포기하지는 않았기에 이렇게 책을 내게 되었군요. 20년 전 문학소녀의 꿈을 꾸었던 고등학교 때의 제가 만족할 만한 결과물인지는 알 수 없지만요.

첫 책이 나온 이후 글 쓰는 게 힘들었습니다. '나'를 소재로 글을 쓰는 것의 한계를 느껴서이기도 했고요. 쓸 이야기가 떨어진 건 아니었지만 '이렇게까지 계속 나 자신을 다 꺼내는 게 맞나?' 하는 근본적인 의문이 들었어요.

하지만 K와의 만남을 글로 쓰지 않을 수 없었습니다. K와 만난 이후 변해 가는 감정을 어떻게든 남기고 싶었어요. 그와 보낸 시간들이 여러모로 저를 한 뼘 성장시켜 주었다고 느꼈으니까요. 그 소중한 경험을 그냥 사라지게 하긴 아까워서 만나는 동안에도 수시로 글을 쓰곤 했습니다. 그러던 중 조니워커의 헤어진 다음 이야기를 독자에게 들려주고 싶다고 연락해 준 허밍버드 출판사 덕분에 이렇게 책까지 내게 되다니 정말 감사한 일입니다.

두 번째 책이면 첫 번째보다 나은 글을 쓰지 않을까 기대했는데, 더 힘들었어요. 출판 계약을 한 뒤의 글쓰기는 감정과 경험을 날것 그대로 한 편씩 올렸던 브런치스토리 글쓰기와는 전혀 달랐습니다. 아무도 재촉하지 않는데 혼자 마감 스트레스를 받았고, 원고를 편집부 이메일로 보낸 뒤에 오는 후련함과 찜찜함은 도무지 익숙해지지 않더군요.

글을 쓴다는 건 선택과 포기였습니다. 모든 이야기를 넣을 순 없으니 몇몇 이야기를 잘 골라내고, 쓸데없는 내용은 버리고, 극

적 효과를 위해 양념도 잘 버무리고. 문득 생각해 보면 회사 생활과도 닮아 있습니다. 상사의 요구 사항에 완벽하게 응할 순 없고, 모든 일에 마감 기한이 존재하며, 썩 마음에 들지 않는 결과물이더라도 일단 내놓고 피드백을 받는 편이 낫다는 점까지. 글쓰기조차 회사와 연관 짓다니. 제 정체성은 여전히 작가보단 회사원에 가까운가 봅니다. 어쨌든 첫 책보다는 더 잘 선택하고 포기한 결과물이라 믿습니다.

길고 긴 선택과 포기의 과정을 곁에서 응원해 주고 작업 메이트가 되어 준 연인에게 감사를 전합니다. 원고 작업은 모니터와 자판만을 친구 삼아 엉덩이로 하는 일인데, 그의 감시 덕분에 더 열심히 글을 쓸 수 있었어요. 역시 다시 사랑하길 잘했구나 싶습니다.

책을 읽은 모든 분들의 가슴에 살며시 설렘과 사랑의 씨앗을 심는 책이 되기를 바랍니다. 혹시 꿈을 잠시 잊고 있더라도 포기하지 말고 매일을 살다 보면 언젠가 꿈을 이루는 순간이 선물처럼 찾아올 거라 믿습니다.

2024년 봄의 문턱에서

조니워커